신념의 강자

양희철 시집

새로운 세상의 숲
신세림출판사

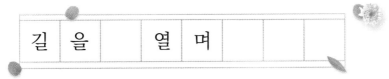

길 을 열 며

새벽 일찍 일어나긴 했는데 방향 감각을 잃었다. 발걸음이 더디다. 동서남북 상하좌우 둘러봐도 옛과 현재와 미래가 확연치 않아서다.

발걸음 달래며 걷는 자화상이 그려진다. 엉거주춤한 자세. 옆, 뒤를 돌아보며 무엇을 찾는 듯한 늙수구레한 모습. 그게 나일까.

참혹했던 지난 날 1894년 갑오농민전쟁의 알심, 1919년 3.1 독립 만세의 단군겨레의 기상, 1950년 아메리카의 작당으로 남북민의 이간 책동과 동족살상의 참상, 1960년 이승만 독재에 항거했던 4.19 정신, 1980년 5.18의 광주 항쟁, 이어 내린 단군겨레의 웅혼한 독립정신.

어찌 꿈틀대지 않으랴, 어찌 투쟁치 않으랴, 백두산 항일빨치산의 피 어린 투쟁, 지리산의 구빨치들의 치열한 투쟁 있어 길은 열렸느니.

일제를 타도키 위해 일떠섰던 열혈애국자들, 이들은 바로 반미전선 에 투사로서 투입된 전사들이다. 곧 우국애민의 전사들 빨치산이요, 공작원이요, 안내원이니 이들에겐 전방 후방이 따로 있질 않았다. 밤 낮이 구별되지 않았다.

싸우다 잡히기도 하고 전투 현장에서 순직하기도 하고 감옥에 구금 되기도 했다. 총살 당한 사람, 교수형 당한 사람, 자신의 옷을 찢어 자결한 사람, 강제급식으로 목구멍을 뚫어 죽임을 당한 사람, 영양실조로 생명을 잃은 사람.

이 사람들 모두가 이 나라 겨레요, 외세를 반대해 싸웠던 인걸들인데 상기하면 참혹하기 이를 데 없다. 잊으려고, 모른 체 하려고 하면 머리엔 어지럼증이 발동 혼을 빼앗긴다.

나의 감각기관은 예민을 넘어 아둔해짐을 알겠다. 방향 감각도 무뎌진다. 죽은 망자들을 조상함이 오늘에 유익함이 있겠는가. 말이 없으신 옛님을 불러내 현실을 얘기한들 무슨 소용이 있겠는가. 다만 추적이는 날씨 탓 아니고 지난 날 감옥살이 함께 했을 때 동지애의 따뜻함을 추억하며 술 한 잔 올리는 것이 도리겠다 싶어서다.

그동안 함께해온 동지들이 있어 넋두리 같은 글들을 책으로 엮어 낼 수 있게 됐다. 김영승, 서경원, 한도숙, 박동기, 신금룡 동지들께 고맙단 인사 드린다. 선뜻 책을 내 주기로한 신세림 출판사의 노고에 감사 드린다.

이제 나 또한 돌아가리, 동지들이 계신 곳으로. 늙음을 탓하지는 않는다. 이 또한 역사이니까. 역사의 뒤안길은 얼마나 넓을까, 얼마나 화려할까. 오늘도 길을 간다. 방향 감각을 바로 잡으며….

23. 7. 13
落星垈 만남의집에서
양 희 철 씀.

신 념 의　　강 자 들 을
위 한　　진 혼 곡

정 동익
(전 민주언론운동협의회 의장, 전 사월혁명회 상임의장)

　늘 뜨거운 가슴으로 조국의 자주 통일을 열창하는 양희철 시인이 구순을 맞아 지난 5년간 발로 쓰신 빨치산 추모시들을 모은 책자가 나온다니 반갑기 그지없다. 비전향 장기수로 37년간이나 옥고를 치른 양 시인의 등산 실력은 젊은이들이 따라가기 어려울 정도다. 모진 고문과 기나긴 옥고를 이겨낸 분이라고 누가 상상하랴.

　그렇기에 지리산 덕유산 등 험준한 산야에 이름 없이 묻혀 있는 빨치산들의 묘소를 물어 물어 찾아 술잔을 바치며 추모시를 낭송할 수 있었을 것이다.

　동지들에 대한 사랑과 통일에의 염원이 그를 90이 다된 나이에도 깊은 산속을 헤매게 하였음이 분명하다.

　양희철 시인은 그 자체가 파란만장한 현대사요 투쟁의 기록이다. 죽음을 넘나드는 오랜 감옥생활을 신념 하나로 버티어낸 인간승리의 표상이다.

추모시 1백여 편은 역사의 격동기에 민족의 자주독립과 통일을 쟁취하고자 최후 순간까지 싸우다 산화한 신념의 강자들을 일일이 찾아 그들의 뜻을 기리고 이어 가겠다는 다짐이다.

이들 추모시들을 읽다 보면 먼저 간 동지들을 추모하는 시인의 애틋한 마음이 절실하게 다가온다. 추모시들은 이름 없는 투사들을 위한 진혼곡으로 신념의 화신 불요불굴의 혁명투사들을 노래한 반제 자주 통일운동의 현대사로서 그 의의가 크다.

우리의 근현대사 저 뒤편에는 36년간의 일제 치하에서 민족과 조국의 운명을 자기 생명보다 우위에 두고 쉼 없이 싸워온 민중이 있었다. 1945년 8월 15일 갈망하던 해방을 맞이했지만 외세에 의해 분단은 확정되어 갔고 분단을 거부하는 민중들의 투쟁은 빨치산 투쟁으로 이어졌던 것이다.

지금 우리 사회는 일신의 안락을 위해 수단 방법을 가리지 않는 사회 풍조가 지배하고 있다. 착하고 의로운 사람들이 고난을 받고 민족적인 양심도 없는 사람들이 활개를 치고 있는 세상이다.

추모시들을 읽는 독자들은 자기의 사상이 어떻든 자신의 신념과 의리를 지키기 위해 하나뿐인 목숨까지도 던지는 그들의 숭고한 인간성에 매료되리라 믿는다.

변절이 능사로 돼 있는 세태에서 양희철 시인과 빨치산들의 신념으로 일관된 삶은 우리에게 많은 것을 생각하게 해줄 것이다.

우리가 어떻게 사는 것이 인간답게 바르게 사는 길인지, 우리에게 민족은 그리고 역사는 무슨 의미가 있는지 이 시집은 묻고 있다.

이번 빨치산 추모시집 출간을 계기로 그들이 그토록 염원했던 조국의 자주와 평화 통일의 길이 앞당겨지길 기원한다.

| 고 | 귀 | 한 | | 통 | 일 | 애 | 국 |

| 열 | 사 | 들 | | | | | |

박 금란
(시인, 민족작가연합 공동대표)

이리도 고운 글이 있다니요.

하늘같은 조국의 님을 모시며 피와 생명과 신념과 사상, 투쟁으로 한 생을 빚어낸 고귀한 빨치산 영웅들을 투쟁의 맑은 글로 풀어내신 양희철선생님! 고맙습니다.

징역 20년 살고나니 석방 2개월만에 청주감호소라
하늘이 무섭지 않더냐
일제 미제가 만들어 준 법과의 싸움
사상투쟁 인권투쟁 가열찼으니
청주감호소에서 쓸쓸히 가신 공인두 동지
혁명적 낙관주의자 권오금 동지

높이 들어라 붉은 깃발을 그 밑에서 전사하리라
이리도 진한 애국 혼 한 생의 고귀한 모범은
어머니 조국은 기억하리니
인민을 위한 빨치산임을 알았노라
덕유산 백운산 지리산의 빨치산이어라
붉어라 노랗다 시루봉 써래봉 넓은 대성골
흐르는 강물에 시름 풀어 던져라

위 시구절은 양희철 선생님의 시에서 각각 따온 시 구절들입니다.

양희철 선생님의 신념의 강자 통일애국열사들에 대한 이러한 시귀들은 역사의 현장에서 저희들을 일깨워 주시는 간절한 조국해방 염원과 투쟁의 뜨거운 만남의 글입니다.

양희철선생님은 조국해방을 위해 수십 년을 감옥에서 갖은 고초를 겪으면서도 가열차게 투쟁하다 가신 신념의 강자 100여 분 애국혼들의 사실을 기록한 1백여 편의 시들을 우리 품에 안겨주셨습니다.

한 편 한 편 뜨거운 심장으로 받아 새기며 조국해방의 길, 통일의 길에 불씨가 되어 살아야겠습니다. 만인에게 읽혀져야 할 귀중한 책으로 간절히 권하고 싶은 '신념의 강자'입니다.

제1부 호남정맥의 핏줄기

제2부 신불산의 호랑이들

제3부 지평선의 약속

제4부　역사를 마주보고 달린 사람들

제1부

호남정맥의 핏줄기

그렇게 되리니

푸른 산 파란 하늘
햇볕 눈 부시고
진록의 봉봉 첩첩의 골짝
거기 수해(樹海)의 일렁임 있네
거기 빨치산의 우렁찬 합창이 있네
어찌 잊으랴 지나간 어젯 날을
열사들의 무구(無垢)한 희생정신
이끼 낀 바위에도
흐르는 물 나무등걸에도
재생인가 고막을 울려 천둥으로

눈을 감고 다소곳 듣습니다
읊조리듯 속삭이듯 명령이듯
때론 흥까지 발동케 하시는
빨치산 부활을 보고 듣습니다
치열히 싸우시다 산화해 가신
전사들의 진솔한 호소를

동지께 아뢰올 말씀 목이 메이는데
그래도 여쭙니다 승리하고 있다고
승리하기 위해 싸우고 있다고

로동자 농민 청년학생들의 역량 다 해서

세계정세 변화를 일으키고 있습니다
종종이는 쪽바리 헐떡이는 양키
가빠한 숨결에 자신들의 운명 재촉합니다

단결을 선도했던
혁명하라 일깨웠던 1948년 그 때로부터
프로레타리아는 단결을 선도했고
세력의 확장은 누리를 채울 만큼 컸습니다
한데도 두 세기가 지난 지금
세계 유일의 분단 조선은 잘린 채 있는데
왜 일까요, 통일이 어려울까요
선열들의 희생 그 값진 그 알심으로
평화의 확장 선도할 수 있을텐데
그렇습니다 원인은 딱 하나
비대해진 양키 끝간데 없는 욕심 때문
열강들을 제압 움켜쥔
악(惡)의 작용임을 알았습니다

약소국의 서러움 분노로 치솟습니다
역사는 말합니다
한 사회에서 다음 사회로 이행한다고
자본주의 제국주의는 영원할 수 없다고
악의 축이 길러 논 어중이도 떠중이도
그들의 상전과 함께 물러날 거라고

그렇게 되리니
이 땅에서 양키들 물러가고
우리끼리 민족국가로 통일하여
세계평화 선도하리라

강 대 강
무엇이 두려우랴 무엇이 어려우랴
맞받아 싸워 이겨 낼 무력이 있고
자각된 남북인민의 의지 이리 강한데
님들이시여!
솔바람 불리우고 새소리 물소리에 귀 기울이시라
님들께서 듣고픈 조국통일의 소식 들을 수 있을지니
님들의 고귀한 희생 오늘의 통일을 담보했음이랴
님들이 계신 지리의 영봉 남도의 산산 우러르며
세계가 칭송한 그 날을 기다리며
창창한 하늘 푸르른 산하 윤나게
그렇게 되리니,.

고진희 동지를 추모하며

피워내신 사랑

지워질 뻔한 옛날
지리산 빨치산 고난의 시기
여성의 당찬 결의결단을 보았던
열렬한 고진희 빨치산
여기 유튜브 '한라의 메아리'가
새롭게 서게 했네.
되돌려 역사에 살게 했어라.

제주가 고향 고진희님
남편은 로동당 중앙위 간부부장인
강병찬 동지로 9.28 후퇴 시 전사
님은 입산 후 전남도당에서도
이현상 부대에서도 열렬히 싸우신
열혈의 여장부 고진희님이시여라!

한 때 1948년 4월 김달삼 동지와
남북연석회의에 평양에 가 참석했고
전남도 여맹위원장으로
해방공간을 간극 없이 채웠고
이르는 곳곳마다 그 능력 출중했어라
1952년 1차 공세 슬기롭게 대처했고

지리산 문수골 아지트에 침잠한 분위기
드높여 기상 떨치니 새롭게 대열 정열했다
작전상 후퇴 눈 덮힌 지리산을 뒤로 하고
돌고 돌아 찾아 온 전남도당 푸르름이여
잎이 돋아 봄이련가 광양 백운산 신록이여
가쁜 숨 심호흡으로 5월을 피워내니
여맹위원장 여유로움으로 단결을 높여라

형편을 알지니 고정관념은 버려라
지시에 따라 사업지 도시로
고진희 도여맹위원장의 하산
여맹위원장의 직무도 인계하니
출중한 여걸 장삼례 동지께

서로 감싸주고 이해와 도움 있어
여맹사업 나날이 풍성했었는데
낯선 도시 낯선 사람 낯설더라
기어이 해내리라 주어진 사업을
사업의 진척이 이해 속에 있을 무렵
가증스럽다, 한 때 같이 일했던
변절자의 고발인가 잡힌 몸 되니
취조 과정을 어찌 당해내랴
도여맹위원장의 신분이 가혹을 더 했겠다
견딜 수 없는 고민
결의결단 장엄한 최후런가
자결로 생을 마감하니 그 엄숙함이여

취조 중 변기통에 머리를 처박아라
처절한 주검 순결한 최후
그대 고진희 위원장이시여!
그대의 최후 영생으로 이었나니
조국과 더불어 영생하리다
불굴의 투사 고진희 동지시여!
그대의 염원 백설 덮인 지리의 순결로
대숲의 부는 바람, 솔가지의 푸르름으로
영원토록 함께 하리니
고 진 희 동지시여!

권오금 동지를 추모하며

먼 훗날을
희망 부풀리며
언약했던 일
어찌 잊을까
그대 가고 없는데...

옷깃 한 번 스쳐도
인연이라 했거늘
그대 목숨
내 무릎에서 진 일을.

그립다 권오금 동지
언설을 베풀랴 나는 농사꾼
사양이 미덕일 수 없다시며
풀어내시는 호남가, 그 사설을
소리를 눌러라 간수 들을라
뿐이랴, 별주부 해학까지
궁상각치우 오음계 이러한 것이여!
넘치는 흥 감방을 넘나든다

순간을 영원에로 이끄시는

혁명적 락관주의자 권 오 금 동지
"빌어먹을!
징역만 아니었으면 호남쯤은 넘고
나라를 평정했을 걸, 암면"
"내 혈압은 본태성인가봐
밖에서도 높은 편이었으니까
즐거우면 혈압이 뚝 떨어지는 기분이야"

운동은 물론 물까지도 양재기 하나
이쑤시개 대나무꼬치 나오면
세면장에 엎드려 곤봉은 예사
반항한다고 헬리콥터 형벌
매맞지 않은 날 재수 좋은 날

이런 억압과 닦달 속에 철인인들 견뎠으랴
혈압은 솟고 정신은 혼몽
패통치고 고함쳐도 의사는 감감
코로 입으로 검붉은 피가 흘러내린다
"높이 들어라 붉은 깃발을
그 밑에서 전사하리라"
그렇게 싸우시다 전사하셨다

전향공작에 단 한 분 형수님을
전향만 하면 집으로 바로 나간다는
헛된 거짓말에 넘어갈 분 아니다
화근이었나

안팎으로 핍박은 가중되고
이후로 가족과 단절
오히려 홀가분하시다며 너털웃음
진양조로 길게 창을 하셨던 분

변하고 있습니다
반세기가 지난 지금 요동치고 있습니다
미제의 단말마적 행태가 극에 달하고
공화국 북반부엔 최후의 판가리 싸움과
꽃피는 사회주의 건설에 일떠 서
군사에서 ICBM SLBM의 전진배치
경제에서 만리마의 속도로
문화에서 민족의 미풍량속의 전통 발양
교육 의료의 무상을 넘어 주택까지
실업자 없는 살기좋은 곳으로 전변

님께서 꿈꾸시고 바랐던 염원
믿음이 있었기에 가능성이 현실화되고 있습니다
세계는 변하며 발전한다는 변증법처럼
님이시여!
푸르게 붉게 사셨던 님이시여!
통일된 조국하늘 우러를 때
긴 잠 깨우러 오겠습니다

고성화 선생님을 추모하며

세찬 바람 맞받으며

현해탄을 얕은 개울이듯
거센 풍랑도 산들바람이신 양
소싯적부터 성성한 백발이 될 때까지
일본땅을 이웃처럼 드나드셨던
시대의 풍운아이시고 영웅이시라
나라의 간난 어찌 저버릴 수 있으랴
임무에 몸을 맨 채
밤낮 없이 뛰셨던 님
고 성 화 선생님!

초소를 뛰어넘어 비껴가랴
맞닥뜨린 경찰과 헌병 이겨야 산다
말씀 몇마디에 "요로시" 풀려나라
해방이랍시고 되짚은 양키
일제의 탄압 그대로 답습에
일제관료 승진시켜 주구로 길들이니
이게 세상이냐 해방이냐
이대로는 살 수 없다
제주 4.3 일으키니, 그 학살
시산시해, 동네 불 타 없어지고
인총은 어데 갔나, 이 때

살아내야 한다 현해탄 건너자
도쿄 오사카에서 사업 열중하사
그대의 열위와 능력 출중
조국 조선에서 6.25 정전협상이 막바지
사업지를 부산으로
피난민까지 합한 부산의 사업
초과달성 그 성과 부산사업 접수하시니
젊은 지도자의 력량 찬양 받으셨어라
시당책의 중임 완수 후 부산에서 일본으로
일본과 청진, 그 사업 보람 있었으니
창의 창발성 발휘하사 그 전개과정이여
정착해 한자리 오래 있질 못해 떠나는
사업은 번창 그 력량 고향으로 돌려라
외지로 다니며 신발창은 몇 번 갈았을까
이 중에 참척(慘慽)의 슬픔, 큰 자식 잃고
나라의 공로, 엇갈린 인식일레
이렇다 방심이었나, 잡힌 몸 되니
어렵더라 매섭더라 고프고 아프더라
조국의 이방지대 인권이 있으랴
갇힌 몸 전중(田中)이 되니 야속이 따르네
나이 많아 석방인가
사나이 심사 요동케 말라
내 죽을 곳은 감옥이니라! 외치셨어라
고향 제주도 일꾼들의 민첩에 따랐노라
오! 민주 일꾼들이여! 고마움 드리노라

27

"생이란 무엇인가 누가 물으면 우리는 대답하리라
마지막 순간에 뒤돌아 볼 때 웃으며 추억할 지난 날이라
시냇물 모여서 강을 이루듯 날들이 모여서 생을 이루리
그 생이 짧은들 누가 탓하랴 영생은 시간과 인연 없어라"
조용히 부르셨던 노래 "생이란 무엇인가"
지금도 읊고 계시나요 뵙고 싶습니다
영원하시리니 영면하소서

김병억 동지를 추모하며

신출귀몰(神出鬼沒)

일제의 패망
혼란한 세류
지배자의 통치
무리가 거듭 민심은 이반
일제의 잔재가 다시 나타나니
관망하던 인민의 성깔 날을 세우다
싸워야 한다, 내쫓아 한다
분단을 획책하고 민심을 양분하려는
양키와 그들의 졸때기 서북청년단과

입산투쟁 빨치산으로
고향을 지키고 대대로 이어온 선영을
일러 구빨치의 활약 대단했나니
그 때 나이 18세
동에 번쩍 서에 웅변 빛났도다
1950년. 미제와 전쟁 합법공간에서
장성군당위원장 김병억 동지의 지략
인근에 알려지고 사령부에 전해지니
그의 위훈 찬양 받으셨다

9.28 전략적 후퇴

비합법 체제로 전변
22세의 군당위원장에서
노령지구 사령관으로 그 위세와 활동
담양 가마골을 해방지구로
전북 빨치산의 무장부대와
합동작전을 빛났도다, 영광군도 해방이라
영광, 담양, 장성, 다 아우르는 지배하에
노령지구의 인민의 찬양을
젊은 사령관 김병억의 영예러니
영웅으로 추대함이요 그 지략을

김 병 억 동지시여!
그대의 단심, 인근은 물론 남도의
산하 전선을 타고 넘어 최고사령부까지
그대의 당성, 그대의 전략전술
모범되어 따라 배웠다 했습니다

젊은 22세의 하늘을 찌르는 기상
그 이름 김 병 억 동지
정세의 변화에 합당한 묘책 없었던가요
전술적으로 신병을 아꼈더라면
먼 훗날을 기약했었더라면
만사가 후회스럽습니다

25세를 사시는 동안
개인의 영달을 위해

촌음도 허비하지 않으셨고
오직 당과 국가와 내일의 조국통일을
몽매간 바라시며 일하셨습니다
붉은 심장이 용솟음치는
명석한 머리에서 전략전술이 솟는
딛으신 발걸음 재촉해 걷는
나무등걸에 걸터 앉아 아침 요기하는
사령관 동지시여!
한가로움, 생각도 못할 그 산속
빨치산의 나날 투쟁만이 있었지요
그렇게 싸우시다 1954년 7월 21일
바쁘신 일정을 놓으셨습니다
그 때 연세 25세, 신출귀몰의 명장이
영생은 연세와 인연 없다 했습니다
김병억 동지! 신념의 강자이신 동지
당과 통일조국과 함께 영생하소서
삼가 명복을…

류낙진 선생님을 추모하며

부단히 끊임없이

인생역정이 이렇게 험할 수야
현해탄을 건너라 살 수 있는 곳 찾아서
왜 것들에 빼앗기고 쫓기어
왜놈 땅으로 흘러들 줄이야
혹독하게 살았어라 밟히지 않으려고
사범학교 졸업을 앞두고
1945년 일제의 패망을 보았나니
시원하고 통쾌함도 잠시
늦게 탄 귀국선
선내에서부터 갈라치기, 조국에 닿기도 전
이러면 안되는데 좌우 대립
자립 자강 자주적으로
일제의 간섭없이 주체민족으로 서야 한다
선악을 구별, 설 자리 찾았나니
민족자결,
36년도 서러운데 미제의 강점
포고령이 광란을 부리고
단선단정을 강행하려는 무리
미군을 등에 업고
설쳐대는 앞잡이 주구들과 싸움
50년 6.25 미제와의 싸움

전략적 후퇴, 회문산 빨치산되어
영용히 싸웠어라, 우리의 앞길 막는 자와
52년 지리산에서 잡혀 광주포로수용소
떨어진 고무신짝에 받아 마신 국물, 그 맛
떨어진 콩알 반쪽 목숨을 담보하고
살아 남아야 혁명할 수 있다며
끈질긴 투쟁의 연속 알알이 빛남이여

5년의 형무소 살이 끝에
평생의 반려 신 애 덕 아리따움 풀어내라
가정에 가족 불어나니 행복이어라
1차에 또다시 2차 3차 4차의 구속
굴곡진 마디마다 밥맛도 달랐것다
구메밥에 콩이 없어 단백질 결핍이라
누웠다 일어나지 못하고
앉았다 서지 못하는 성한 병신 전중이들
아련히 평양거리 더듬으며 발전된 모습
배고픔도 받는 치욕도 민주기지 생각하며
다 잊을 수 있노라시던
류 낙 진 선생님이시어!
선생님은 장하십니다
교육자시며 건축가이시고
서예의 달인이신 명필가이시니
통달하지 않은 곳 없으시고
식견이 부족해
타개치 못한 것 있으셨던가요

그립습니다 보고 싶습니다
함께 있을 때
가르침 더 받을 걸 후회합니다.

광주의 변화된 거리
많이 변했습니다
도청 분수대 앞 광장도
동생이 거닐던 용봉대와 금남로도
약사에다 내과의사가 된 독일의
큰 따님 류소영도
아버지를 존경한다, 고

보광사의 난동 잊으시고
다시 평양거리 거닐 수 있도록
선생님의 지혜 전략전술 주소서
존경과 영광 선생님께 드리며,.

신념의 강자이신 김규호 동지를 추모하며

높은 뜻 이으리니

불굴의 투사 잊을 수 없는
김 규 호 동지시여!
어찌 잊으리오 미쁘시고 아름답던
김 규 호 동지시여!

박학강기하시고
체화하신 학술과 그 이론
풀어라 동서양의 철학사, 그 유장함이여
뵙고 싶습니다 가르침 받고 싶습니다.
김 규 호 동지시여!
김 규 호 선생님이시여!

시대가 영웅을 낳는다
그대는 시대의 아들
조국전란의 와중에도 내일에 쓸 동량을
백천간두의 누란에도
평화를 빚어 예비했던
그대는 선견지명, 시대의 선각자
적의 참모본부 일본도쿄에 상륙
맥아더 사령부를 휘젓고
일본공산당을 지도하시다, 나락이라니

오무라수용소를 탈출 구마모토 산줄기타고
2차 탈출에 헬리콥터 또 동원
연행인가 격리인가 야밤중에 부산 토굴
오! 조국은 거칠고 사나웠다 미제의 마수라
일본사람 가면 벗어라 순수 전라도 장정
거듭되는 고문에 몇 번을 죽었던가
사형구형에 무기 언도 징역은 시작되고
광주형무소, 대전, 전주, 다시 광주형무소로
함께했던 반전향투쟁의 대열의 정리
"자살은 당과 국가에 대한 죄악이다"
신춘복 동지의 자결을 규정지었던 동진데...
대전, 전주, 광주, 한 감방에서 함께 했던
맺어라, 그의 가르침 열매로
따라라, 고매하신 그의 인품을
그런 그는 갔다, 그의 과정
18세, 보통고시 합격
19세, 교토제대 동양철학과 합격
22세, 해방과 귀국
24세, 평양 농민신문 주필
26세, 김일성대학교 철학과 교원
27세, 도쿄에 파견 일공당지도
30세, 맥아더사령부에 피체, 부산으로 이송
53세, 파란만장의 징역 자결로 숨을 놓으시다

아깝다, 그의 역정 그의 인생이
부럽다, 그의 종결 그의 투쟁이

닮고싶다, 당성에 기초한 선진적 세계관을,
과학적 혁명적 낙관주의 그의 나날은
늘 푸르렀고 부단한 정진이었다

미제의 예봉에 찔려 넘어질 때까지
언론, 교육, 외교에 기울이신 예지
육친애를 동지애에 종속시킬줄 아는가
시대의 혁명가 불세출의 사상가답게

과정의 중첩이 그대로 역사가 아님을
역사발전 법칙에 능동적으로
새로운 것을 위해 대중의 편에서...
일깨워주셨던

열사시여!
충혼의 빛남을 그립니다.
당과 조국과 함께 그대 청사에 빛나리니
붉은 해 우러르며
영원히 푸르르소서

라정주 동지를 추모하며

그리는 그리움

뻐꾸기 울어예니 매미 숲 속 울리네
한여름 더위 싫어 그늘 좋아라 찾네
논 밭 푸르름 한결 더 산들대고
지난 날 겪었던 사변 푸르름으로
산야는 온통 푸르름으로 흐르네

여기 스쳐 지나칠 수 없는
고귀한 이 계시니 그 이름 라정주
라정주의 생애 푸르름이어서
연두빛 연한 푸르름으로 다가서 뵈옵네

불굴의 혁명가 라정주 동지
혁명의 과정을 아름답게 수 놓으셨네
마지막 순간 장렬하였으니
빗발치는 적탄 덮쳐오는 군경들
투쟁속에 흘린 피 붉게 피어나
최후의 순간까지 붉은 푸르름이었네
영웅이신 그의 나이 26세
나라와 어머니당
통일과 평등의 제단에 희생이었네

장하도다
혁명가는 전투현장에서 지는 법
이렇게 가신 님
후진들이 배우고 익히며
영웅. 라정주를 모범삼아
오늘에 살렵니다

아버지 라승규님을
존경하며 따랐던 아들 라정주님
'오성학숙'을 설립 계몽운동과 반일투쟁을
'만금정'을 조직 문명퇴치를
1919년 3.1 운동에 가담
세우신 공 빛났으니
1929년 학생운동의 자금을 대시고
농민운동의 모체, 조합을 꾸리셨던
아버지 라승규의 자식으로
긍지 높이셨던 아들, 라정주님이시여!

왜정하, 서울의 중동시절 동맹휴학으로
퇴학 고창고보에 사회주의의 못자리, 그 곳
의식이 달라지니 행동도 높여지더라
연희전문대에서 수학, 세계관의 정립
새로운 세계가 전개되었겠지요
선동선전엔 웅변의 예술성으로
음악의 소질은 풍부한 감성
못다룬 악기 없었다니 가히 천재여라

아버지 라승규선생님 따라
1949년 전 가족과 함께 평양 이주
그 곳에서 배움이여 시간을 주름 잡아라
분단조국 통일하는 길
진정한 민주 진정한 평등 진정한 평화
어떻게 이룩해 낼까
외세의 간섭 떨쳐내고 우리 힘으로
자주적 민족국가 건설해야 된다고

탐욕의 팽배
가는 곳마다 분란
미제에 의한 조국전쟁 일으키니
21C 오늘 날 전운이 감돌아 수선스럽고
유럽에선 우크라이나와 나토가
러시아와 대적하고
대만해협과 조선반도 동해 서해
전략자산이 흘러들고
동족이 적이라며 전쟁을 충동질이니
라 정 주 동지시여!
내 동포 내 형제들 각성케 해
평화리에 자주적으로 통일해 살아라, 라고
정신차리게 하소서, 그립고 그립습니다
통일된 조국과 라정주 영웅 영원하리니,.

한(恨)이 서리서리다

한 많은 세월
한숨에 눈물일레
곱씹어도 되새겨도 잊혀지지 않을
지난 날 아니네 당한 지금
원쑤라 그랬을까, 시켜서 그랬겠지
남해바다 말이 없다 한 맺힌 사연
양민 70여 명 수장 당하던 날
우리 엄마, 우리 형님, 우리 여보가 함께
풍비박산에 부셔져 버린 내일의 희망
부셔지는 파도의 포말에 이르네
일제보다 무서운 양키의 짓이라고
원쑤를 갚아다오 원한 서린 서러움
알아요. 약소 민족의 압제와 늑탈 당함도
실천으로 되갚아라 원한을 풀어라
뭉쳐야 산다. 합해야 힘이 된다
조직된 민족의 힘 분발 있으라
그리하여. 빨치산의 기치 높이 들고
1948년 10월 19일
여순의 인민항쟁으로 입산타가
1950년 잠깐 머무른 광주와 진도
정돈정리는 몸에 밴 생활, 그리고

장흥 유치내산 유치지구, 전남도당의 연계
상행선의 포스트 관리책으로
열렬히 사업타 1954년 4월의 비명
어깨에 총상, 어찌하리요 체포 당하니
1954년 5월 17일 남원중앙군법에서
국방경비법으로 징역 7년을 선고
살다보니 1960년 9월 1일 출소했다
어렵더라, 삶이란 것이
여수 앞바다 뱃놈되어 열심을 부렸겠다
인연줄 닿아 여수여인 김태금과 재혼
아니다. 삶이 아니라 생활이어야 한다
이런 마음 다짐으로 광주에 상륙, 살아라
막로동에 반장일 맡아 열심을 심었고
아내 김태금 여사님 열심을 부려
작지만 깨끗한 음식점을 요령껏 일으키고
아들 셋 딸 둘 예쁘게 길렀겠다

한 번 길러진 기본 로동자로서
근로대중의 일반화된 부와 안녕을
근면으로 과학화된 기술로
펼쳐야 한다 외치고 실천타가
죄없이 수장 당한 원한도 함께
용서하고 이해 받는 장으로
태평세월로 자랑차게 나가게 하는
근로대중의 터전을 약속하는
박유배 선생님 임을 알게 했음이랴

나라의 휘황함도 민족의 창대함도
님들이 참고 견뎠기에 비록 분단은 여전하나
아들 딸이 애쓰셨다 합니다
박유배 선생님!
내일의 조국을 지켜 봐 주십시오
영원하소서

박남진 동지를 추모하며

필봉이 춤을 추면

남도의 산하
백아산 백운산 지리산 훑어라
골짝마다 능선마다 닿는 곳마다
박남진 동지께서 내뿜으신 열기
동지께서 얻고자했던 지상낙원
대동의 세상 가슴에 품고
빨치산 신문의 론설, 강론, 주장의
폭넓고 깊어 아름다움으로 빛났던
필경의 작업 삼남에 떨쳤나니
박 남 진 동지시여!
인민들의 푯대가 되고
빨치산의 지도적 지침이 됐으며
아로새겨진 아름다운 장전이어라

박 남 진 동지시여!
지난 날의 생기 넘친 젊음
분단조국 하나에로
제국주의 퇴치에로
통일된 조국 건설에로
인민생활 향상에로
문화예술의 광장 넓힘에로

사루어 꽃피웠어야 했는데
애석타! 심술꾼 훼방꾼에 짓밟혔으니

지리의 뱀사골
어찌 잊으리
남부군의 혁혁한 전공
인민의 바램으로 이끄시라
번뜩이는 예지로 요구하는 당의 로선
끝까지 관철, 선전선동 했어야 했는데
붓 꺾이고 손 발 묶였다.

세월이 흐르고
따라 흐름이 인생인가
눈 녹은 지리의 령봉
녹음 짙은 골짝 물소리 새소리
노랗고 붉어라 산색 고을 때면
복도 운도 지지리도 없지
비단결 같은 저 지리요 백운산
어찌 우리를 내쳤던가

숨죽이며 살아 온 어젯 날
어찌 어찌 육남매 슬하에 두고
언제나 그리던 어머니당
숨 막힌 억압을 이겨낼 수 있었음은
역사적 발전법칙이 지탱해주었고
오늘이 지나 먼 훗날일지라도

나의 염원, 우리의 희원은 이루어진다는
이렇게 사시다 가셨을
박 남 진 동지시여!
동지의 높으신 뜻
동지의 염원 이루어지리니
어머니산 지리의 영봉에
꽃이 필 그 날에
환호하며 손 맞잡기로 해요

불굴의 애국투사 박석운 동지를 추모하며

붉은 동백꽃 송이송이

사추고 살우다 재가 되도록
불씨 새꽃잎으로 피어나고
시들은 듯 고개 들면 다시 싱싱해라
경주호 27명 붉은 동백꽃

칠흑같이 어둠이 내려와
밤마다 출렁이는 물결에 핥치우고
고물이물에 일었다 떨어지는
시퍼런 인광꽃 서러워라
너 어둠 밝혀 앞 길을 열어라
목포 제주간 달리는 연락선 경주호야
여기 조국과 인민 앞에 맹세를 두고
청춘을 쏟았던
박석운 김사배 정회근 김경배님과
끌끌한 청년학생 23명 앞에
열어라 통일의 활로 개척의 첫길을
달려든 병사와 결연히 싸웠고
엉뚱한 선장의 꼼수에
제자리 맴돌았는가 원통이 여기 있네
어이타 굴곡난관 층층이더냐
그래서 잡혔고

그래서 형량은 확정됐고
그래서 보고팠던 조국통일 못 본 채
그래서 가셨나요 미뿐 님들아

꽃다운 청춘 그 향기보다 그윽했던
님들의 결행 나라 안팎은 모른 이 없고
의로웠고 참됨은 길이 역사에 남으리

박 석 운 동지시여!
분단조국의 쓰라림을 어이 견디리까
아버지의 교육 다 익혔으리오만
삼형제 다 조국에 바쳐진 혁명열사로
동생 경자는 남녘의 대학교수로
가족의 수난 딛고 펼쳐진 오늘의 현실
부끄럼 없이 살았노라
장한 아버지에 장한 아들 딸들이라고

1964년 겨울에 서대문 미결감에서
늠름하시고 활달하셨던 박석운 동지를
여위신 몸이었나 키크신 김사배 동지를
얼마나 반가웠는지
얼마나 보고팠는지
얼싸 안았었지요
6사하 2방 김사배 동지
4사하 12방 박석운 동지
6사상 12방은 양희철

일찍부터 알고 있었습니다.
공화국에 다녀왔습니다
저는 양희철입니다
정회근 김사배 동지는
얼굴만 먼 발치에서 봤을 뿐
왜 달려가 부둥켜 안질 못했을까
후회만 길게 늘였나니
58년 전 그 때의 광경 떠 올리면
그립습니다 보고파집니다
마지막이 될 줄 알았으리오
또 봅시다
참은 이긴다
통일은 된다, 였을까
이런 말씀 주시고 가신 님
조국이 통일되고 환호하는 날
함께 부활하기로 해요

배흥순 선생님을 추모하며

붉은 노을은 알려나

시끌벅적 혼잡할 때
어수선 속에 갈 길 몰라라
손가락 총 까닥
팡 소리 그 자리에 쓰러지고
저녁 노을에 그대로 주저앉던
흉악한 세태
인정은 손톱만큼도 없었던 시절
살아야 한다. 정신 바짝 차리고
구해내야 한다. 기우는 나라를
여기 정의로운 로동자 농민의 나라
세워야 한다며 일떠 선
앳되디 앳된 사나이 배흥순
백운산에서 지리산에서 산 산 산으로
능선과 골짝 타며 때론 도시에서
골목과 거리 누비며 싸우셨던
열혈의 투사 배흥순 동지

산개투쟁은 전술의 방편
지형과 엄폐물을 이용
그 전투력 혁혁했다던 배흥순
1949년 입산 후 처음 옛집 찾아

하늘이 무너져도 살아 남아야 한다. 라고
결의 다지며 불끈 일어서셨던
불의를 밟아 눌러라
동지들과 언약한 약속과 신념 지켜라
목숨을 구걸할 순 없다. 시며
외당숙의 배려 뿌리치며 산으로 갔어라
정의롭고 당성 올곧았기에
하나뿐인 목숨 바쳐
조국에 봉사, 지키겠노라시며
그렇게 싸우시다 가신 님
산에설까 들에설까 도시의 거리에설까
마지막 장렬히 가신 곳
유골의 수습에 나섰으나 무심타 지금까지
그대의 동생들 그림자 없이 자랐것다
엄마의 비손 정한수 마를 때까지 빌어라
스치는 바람결에라도 알려달라고

배흥순 동지시여!
20여 년 생애 인생의 초년기
사범학교도 좋았겠지만
면사무소 행정요원 노릇도 좋았겠지만
일제에 이어 늑탈하는 미제가 악마였으니
악마는 척결해야 한다시며
그렇게 싸우셨던 님 구 빨치산
배흥순 동지시여!
늦게 찾은 후배들 님께 향한 미안을 접습니다
영광의 날 그 때 함께 하기로 해요

빨치산 사령관 김선우 동지를 추모하며

언 땅 녹여 꽃피우는 춘삼월
바람도 잦아든 광양 백운산에서
그때도 그대
노란 아구살이꽃 가슴에 안았을까

38선 언저리 포성 멈춘 지 오랜데
발광이냐, 미친자 작당하여 살인만행
남도의 산하 처처에서 저질러졌나니
하산하여 함께 살자 광고 하나없이
산양몰이하듯 생지랄에 발광이라
정전협상은 안중에도 없다 살인마들에겐
토벌대의 조정자 누구이던가
광분케 한 이승만도당의 배후는 누구이던가
이 땅의 주인, 양민과 농민 로소 가릴 것 없이
집단사살에 초토화 그 만행
전투기 탱크 대포 M1으로 생명을 앗았다
천인공노, 슬픔의 자리 분노로 채웠나니
그 분노 어느 때나 잦아들어 없어질까

마음 추스리고 옷깃 여미며 우러릅니다
영웅이신 김 선 우 동지 앞에

어찌 잊으리오, 그대의 어젯날을
인근에 자자한 그대의 천재성
18세 보통고시 합격, 얼마나 자랑찬가
일본의 식민통치가 그대의 발길을 원산으로
조국광복회가 조국과 사회주의에 눈 뜨게 하고
이념을 길러라, 내일의 독립조국을 위하여
얻은 해방은 우리 것이 아니었다
미제국의 군대 점령군으로 명령의 일색
미제의 허가없이 정당이나 어떤 단체도 무효
일제의 관리, 그 앞장이들 쓸어모아 지배하며
나라 갈라 분할통치, 단독정부 선거놀음
어찌 궐기치 않으랴 어찌 싸우지 않으랴
장흥 유치장에서 화순 화학산에서
화순 백아산에서 광양 백운산에서
그대가 밟아온 길, 험난 위에 꽃피운 길
그대의 지략, 전략전술의 출중함이여
주전선을 지키며 전선의 화선오락회
잡은 포로 민족의 정기 깨우쳐 방면하셨던
가능한 한의 민주주의와 계급독재
중심은 원칙적으로 실천은 여유롭게
장, 사병전사가 따로 없다 평등의 일상
민족사랑, 척양척왜, 양키퇴치
동지애 발양하여 전우애 솟아라
현재는 고달픈 것 미래는 밝다
혁명의 고신간난 우리가 없앤다, 시던
시대를 앞장서신 영웅 김선우 동지시여!

그대의 통솔 민주주의를 낳고
계급투쟁을 즐거움 안고 실천케 했나니
어찌 따르지 않으랴
불러 사령관으로, 일러 위원장 동지로
존경과 사랑으로 옹립해 받들었나니
그대의 기상 하늘을 뚫어라
그대의 식견 천하를 평정하라
젊어서 좋아라 꽃다운 청춘
전남 보성이 길러낸 걸출한 인재
그대를 사모하는 후진들의 모임
선우산악회를 아실랑가
진달래산천을 눈여겨 보시고 지켜주실랑가
오! 영웅 김선우 동지시여! 사령관 동지시여!

해방공간, 잠시 숨통이 되었는가 했는데
양키의 점령통치가 판을 깼다
다시 빨치산으로. 구빨치 영예 안고지고
대결의 끝은 좋았다, 싸워 이겼다
인민군대와 함께 광주로 개선했나니
백여 명의 대원 1950년 7월 23일에
그리고 후퇴, 질곡은 이어, 36세 김선우
꽃다운 나이 조국과 민족 어머니당 앞에
모든 것 다 드렸다, 충직한 전사 김선우 동지를
그대의 빛나는 투쟁있어
공화국북반부에 사회주의 건설 휘황하여라
교육 의료 주택 무상에다 세금이 없는 나라로

국방과학의 현대화는 핵강국으로 전변했다는,

님께서 산화하신 1954년 4월 5일을 잡아
님의 유택 새롭게 가꾸는 산역을 합니다
님의 후진 후배 후학들의 로고 치하해 주시고
통일과 반제투쟁과 평화애호민의 세계화 되게
님께서 간직하셨던 전략전술과 지혜까지 주소서
그 날에 통일의 날에 기쁨안고
밝고 푸르게 뵙겠습니다

서옥렬 선생님을 보내드리며

그리도 가고 싶은 마음의 고향
그리도 보고 싶은 어머니당
그리도 안고 싶었던 안해와 두자식
어찌 두고 가셨습니까
어찌 잊으시고 가셨습니까
어찌 버리고 가실 수 있으십니까

그래도 빛고을 광주가 좋으시다며
의지할 곳 없는 몸 받아주신 곳
삶을 넘어 생활을 가르쳐주던 이
순후한 인심은 이념도 용납해주고
그 너그러움 무등산보다 넓고 높고 깊더라
전라도의 맛과 멋을 익혔노라시던

선생님이시여! 서옥렬 동지시여!
선생님께서 심고 가꾸신 통일염원
당신의 발길 다다른 곳곳마다
당신의 분부의 말씀 듣는 이 마다
싹 틔워 푸르게 푸르게 가꿀 것입니다

푸념이 아닙니다 넋두리도 아닙니다

원망도 질책도 아닙니다
죽어서도 못 갈 마음의 고향
내 땅 내 나라 아침은 빛나라인데
유구한 문화 아름다운 풍속
살 부비며 살아온 내 민족 내 겨레인데
민심을 핍박한 자 이간질한 자
동족간에 살상을 부추긴 자
나라를 두동강낸 자 누굽니까
미제국주의 하 오랜 세월 74년

그래도 이인모 선생
6.15 선언으로 63분
비록 주검으로나마 정순택 선생
분계선을 넘어 고향 찾아 갔는데
어이 이다지 모질단 말인가
어이 이다지 흉흉한 인심인가
그리움이 묻히려나
인권민권이 싹틀 염도 없어라
애닳음도 땅에 그냥 묻으려나
UN 인권규약이 도살되려나
다스린 자의 덕목 차마 버렸을까
징역 30년도 서러웠거늘
가족 찾아 가는 길 이리 험할줄이야
이렇게 사시다 가신

서옥렬 동지시여!

압니다 다 압니다
옳았습니다, 당신께서 택하신 길
분명했습니다, 당신의 인간중심의 염원
그렇게 하겠습니다, 당신의 가르침 따라

당신의 눈길 발길 손길 닿는 곳곳처처
예쁘게 다져 추켜주신 사람사람들
함께 했습니다 당신의 가시는 길을
동지들 친지들 후학들의 배송받으시고
신념의 고행 되짚어 가실 때까지
영면하소서

손영심 선생님을 추모하며

새고 지는 것

밤이라고 천지가 어둠뿐이랴
지새는 아침 싱그러움 있는 것을
여기 삶이 있고 생활이 있음을
잔잔히 일렁이다 솟구쳐 솟아 퍼져라
약동의 계절 피어 향기로웠던
광주의 사범학교 적 시절
그리하여 높였나니 우국의 한 길로
그 이름 손영심
이념도 행동도 선생되고 나서 높였다
좌우로 나뉘고 3.8선이 생기고
분단된 조국조선 환난에 겹겹이라
백의민족 단군겨레 원치않은 분란
분단 분란의 원인 미제임을
미제를 반대해 싸우는 것 정의임이랴
오빠, 손채만은 일찍이 빨치산되시고
둘째오빠 손형만은 서북청년단과 싸우셨나니
외삼촌 두 분의 희생, 생질녀 지침이 되시다

장하시도다. 혁명가의 가문
비록 죽음을 앞에 두었을지라도
내일에 올 해방된 통일조국을 염원하셨던

열혈의 여전사 손영심!

동창들과 빨치산되니 그 화합 빛나고
대열의 단합은 강철 같아라
학습에서 오락회에서 보급에서
어긋남 없고 처짐도 없이 의기충천
산생활이라 배움이 없으랴
열심히 배워 우등으로 졸업하니
여성동지들 중 학습지도자로 명받아라

최고는 싫다
돌아보는 것도 싫다
두 번에 걸친 징역살이
숨도 쉬기 싫던 7년 여의 나날
헤쳐 뚫고 나온 세상 거칠더라
어쩌지 못하고 맞은 결혼
국(鞠)씨와의 금실은 데면데면
남녀간의 맞춤이 이런 것인가
아들 둘을 선물로 받고
국씨와 이별 아들 교육에 전념
국승륜 큰아들 외국유학에
장가들고 손녀, 국사라 얻었고
국승한 둘째아들
출중이 배우고 익혀 방송국기자로

어련하시랴

혼자 사니 좋더라
공화국이 보이고 발전상도 동지들도
돌아가는 세계정세도 보이더라 하셨던
정관호 선생님이 인생과 세계관 세워주셨다던
님이시여! 지성을 갖추신 선생님이시여!
손영심 선생님!
미제 물러나고 나라 통일되는 날
찾아 뵈오리다
환호하며 맞으리다

붉은 내력

세월의 간극을 좁히고 메꾸며
선생님의 곁으로 다가 서 봅니다

격동의 시대
누가 만들었나 좌, 우의 대립대결을
누가 갈라 놓았나 민족과 강토를
하나 같이 일떠 선 구국의 대열
여기 손채만 선생님 계시매
해남이 살아 숨쉬고
남도가 일떠섰어라

잡스런 왜 것들 통치와 강탈
거부하며 일떠 선 기미독립만세
두분의 숙부님 3.1 혁명을 선도하셨다
그 공로 빛나 독립유공자로
아우 손형만, 책가방 내던지고
형님, 손채만 정신 우러러 빨치산으로
어찌 남정네만 싸우랴 일어섰나니
그 이름 여전사 손영심 선생
골골봉봉 남도의 산하 거칠게 없다
조국을 위해 동원된

형님들 누님 때문에 속으로 새겨야 했다며
쓰라린 나날 욕된 일월이었노라
말하시는 동생, 손금만

손채만 선생님이시여!
지혜 용기있어 경영이 원활했고
하시는 일 정의로워 만인이 따랐어라
외가의 인연 아닐지라도
시대와 조국 앞 바라고 나가는 길
동참의 뜻 두터히 14연대 깃발세웠고
구빨치에 기울이는 정열 뜨거웠어라
험한 세태와 인심
사악하고 살인귀인 동향의 조규진의 총탄
그렇게 가시니 28세, 절통치 않으리
손씨 가문의 큰 기둥 큰 별 기울고 지니
해남의 어둠이 드리우고
삼남에 백색테러 밤낮을 휩쓸었어라

우국충절의 손씨 가문 자랑스럽습니다
역사는 증언하리라
조국을 위해 산화하신 열사들이라고
두 따님 손복희, 손선례와 외손자녀
밝은 하늘 푸르름 꿈 키우게 되리니
모후산 빨치산투쟁에서 산화하신 손형만님
지리산 백운산 누비시다 두 번의 옥살이
손영심님 말씀하셨는데

아들, 국승륜 국승한과 손녀 국사라 있어
오빠 뵙기 좀은 면이 설 거라했습니다.

손채만 선생님!
선생님 생전에 가까이서 뵙는 듯 합니다
양조장 정미소경영 탁월하시어
빨치산들의 지원사업
구국활동의 정치자금 원활히, 이렇게 하셨기에
미제의 철수가 앞당겨지려하고
공화국에 일떠 선 생활터전의 변모
국방과학 괄목할만한 진전은
통일을 담보함이랴
손채만 선생님과 손형만, 손영심 그리고
외숙부 두 분의 희생으로 오늘의 조국건설에
공이 있음을, 오! 님들이시여!
시절이 자랑스러워 다시 찾을 때까지
솔바람, 물소리 새소리 들으시며 쉬시옵길 빕니다

유봉남 동지를 추모하며

산오락회 멋지고

추억은 아름다움이려니
동지의 분투와 동지의 노랫소리
소침을 털어내고 어깨 들썩이는
혁명의 터전 도당의 배움터에서
학구열을 불태우는 동지들의 정열
빨치산의 합창은 젊음을 담보한다
유 봉 남 동지시여!
동지의 부르는 노래, 평화 단결을
빨치산들의 동지애 일깨워 세우며
인민속에서 인민과 더불어
흥을 돋우어라, 혁명의 깃발 나부낀다
혁명적 낙관주의 승리의 노래
우리 빨치산 노래뿐이랴
아리랑에, 노들강변 도라지타령
어우러지는 산 속의 단결을 높인다

유 봉 남 동지시여!
동지께서 이끄시는
오락회의 그 노래
문화와 예술은 빨치산의 생활을 높였고
고기가 물을 떠나 살 수 없듯

인민 속에서 인민을 위한 맺음으로
인민이 내 세우신 빨치산되어 싸우셨다

유 봉 남 동지시여!
동지의 가문, 빛난 혁명의 가족이어라
6형제 모두
조국을 위해 몸 던지셨고
조국을 위해 만주 펄 항일빨치산으로
조국을 위해 조계산에서 봉두산에서
조국을 위해 감옥에서도 투쟁하셨던
이 땅 조선에서 타의 모범이었느니
동지의 밟아오신 어젯 날
오늘에 되짚어 봄도 후대들의 영광이어라

혁명의 후비대 가문의 이음으로
3남 2녀를 출중히 기르셨으니
동지와 가문의 영광이요
혁명대열의 보루되셨음이랴

유 봉 남 동지시여!
세계가 요동치고 정세가 변화하고
나라 나라들이 분답을 떱니다
미제의 뒷 걸음질
일제의 방호짓거리가 가관이고
유럽도 중동도 새힘이 솟구칩니다
동방의 아침은 빛나라, 조선

새고나면
화려찬란의 거리가 생겨나고
우주과학의 발달은 세계를 압도하고
제조업에서, 농업 이업에서
첨단의 과학기술을 도입, 휘날리며
새롭게 세계를 선도하고 있습니다.
고난의 길 위에 한 생을 보내셨던
유 봉 남 동지시여!
지금까지 겪으셨던 것 다 떨치시고
꽃피고 새 지저귀는 통일 광복의 그 날을
함께 맞기로 해요

윤기남 동지를 추모하며

백절불굴의 정신을 우러르며

니 윤기남은 촌놈이여
해남군 현산면의 촌놈이라네
시골 해변에서 소라, 꼬막 잡으며 놀던 촌놈이지
전쟁의 도매금으로 내 논밭 넘어가려는 내 땅, 내 조국을
내 민족, 내 문화 살리고자 일떠선 것 뿐
1925년생, 살았으면 96살, 1995년에 죽었지
인간 칠십 고래희라 했던가, 산 것도 아닌 채
떠밀려 죽음을 당했다네
다섯 번 잡혀 29년 옥살이, 징글맞은 나날
몸둥이 망가지고 암덩이 몸에 박혔다네
동기간도 친구도 소원해지던 연좌제 기승일 때도
조국과 어머니당, 동지들이 찾아 주었지

이렇게 뇌이셨을까
윤기남 동지시여, 백절불굴의 혁명투사시여!
역사에 길이 남을 전장의 전사시여!
우리는 기억합니다. 그대의 걸어 온 길을
불의와 타협없고 길이 아니면 걷지 않으셨던
시대의 사표 환난의 길 밝히신 횃불이셨어라
젊은 이들을 추동않고 이끄셨고
론설 없으신 채 감흥케 하셨던

남도의 곳곳 만나는 사람마다 혁명의 씨 뿌리시고
따스한 햇볕 스미듯 비추어주셨던
새봄 맞아 연두빛 새순으로 돋아나게 하신
그대 시대의 스승이신 윤기남 동지시여
조계산 모후산 백운산 지리산을
누비며 타셨던 그 날들의 추억,
빨치산들은 어데메 있을까
더딘 혁명이었으나 희망은 늘 푸르렀나니

법도 아닌 국가도 아닌
반공법 국가보안법 사회안전법의 횡포 다 겪고
작은 감옥 나와보니 큰 감옥 억죄이고
시절이 이러하니 세태가 그러한데
무쇠덩인들 견뎠으랴. 그렇게 가셨으니
'윤기남선생통일애국장'으로 치른 후
놈들의 광기 하늘을 찌르고
애먼 재야인사 잡아들여 족치는구나
시간은 흐른다, 세태는 변하는 법
평화애호민 평화맞이 하는 자태 곱지 않은가요
조국과 세계 평화 위해 산화해 가신 님 그리며
혁명의 열렬한 투사 윤기남 동지 우러러
양광의 밝은 빛 누리 가득 밝혀 드리리다

이덕구 장군을 추모하며

세월은 흘러도 세상은 변해도
딛은 땅 제주도 조천읍 신촌리엔
변함없는 빛 있었으니
섬을 돌아 넘어 나라 곳곳을 채우고
누리를 비추었나니 그 이름
이 덕 구 장군님.

흉흉한 민심과 가난을 달래라
해방된 조국을 건설하라
준동하는 양키 그들의 앞잡이 서청
양민을 학살하고 재물을 늑탈하는
원쑤와 싸움에서 그는 갔다

살아 남은 자 신촌중학 제자들이
이찌메이캉대학 선후배 교우들이
나라의 양심들이
세계평화애호민들이
그대 이덕구 장군, 영예로운 이름을
기억하리니

일제를 물리치는 반식민투쟁에서

미제와 대결 반제국주의 투쟁에서
가렴주구 내정악폐 바로잡는 투쟁에서
눈 밝히는 교육, 지혜 높이는 일과에서
이룩해낸 그대의 분투 알알로 빛나고
염원했던 그대의 이상과 목표
하나 둘씩 영글어갑니다

겨울이 있었기에 맞는 봄인 것을
곰비임비로 다가서 올 보람과 영광
역경 딛고 피어나고 있습니다
남북수뇌 맞잡은 손 평화를 빚고
미제도 원쑤 풀자 흥정입니다
변화해가고 발전하고 있습니다
당신을 부르는 영광스러운 이름도
영웅으로, 혁명가로, 장군으로 추앙합니다

내일에 있을 통일된 조국
세계를 선도할 과학의 나라 도덕의 국가로 설
그대의 조국과 청사에 빛날 것이니
영원하시라

김현순 동지를 추모하며

고픔을 달래며

추억은 쓰라림도 아름답게 하고
불구대천지원수도 용서로 미쁘다던데
동지에 기우는 이 마음
42년 저 쪽 배고픈 서러움
잊혀지지 않고 지워지지 않음은
허허로이 허탈하게 홍소지으며
푸름 접힌 얼굴 골패인 한 숨인 것을

얼마나 주려야 고프다 할려나
접힌 배 두 손으로 받치고
5~7분 운동시간 헤집는다
쑥에 풀뿌리 심지어는 잔디까지
입에 넣고 씹고씹는다 허기 채우려고
건빵 한 봉 깡보리밥 삼등식 한덩이
옥용찬 없어도 그것이면 천당인데...

31방과 건너편 52방 모스코바사동
식구통 안닫으면 푸르른 교실
변증법적 유물론과 사적 유물론이 흐르고
볼세비키 혁명론이 봄날이듯 꽃피운다
사바크의 한 소리에 오금이 저린데

잊고 있던 배고픔이 고개를 드는 것은,
사찰통에 땡채로 간수 가늠하며
고픈 사연 먹고픈 고구마 냄새
서서하는 통방통신 지쳐서야 끝내고

김현순 동지시여!
못먹어 말랐어도 80kg 거구
서러움 중 못먹는 서러움
어찌 말로 다 하랴
매맞고 차이는 것이사
뒷수정 차고 개밥먹는 것이사
버티고 참아낼 수 있어도
고픔이여! 몸서리치게 서러움이었다
이런 역경 견디신 동지의 여정
1952년 첫 번 옥살이
낙식은 공식이다
콩 한 알에 쌀이 한 섬이라던
그 때를 어떻게 견디셨을까

동지의 지난 시기
어찌 굴곡이 없었으랴
엎어지면 거듭 일어나기 몇 번이고
스스로 채찍질 얼마나 매서웠으랴
압니다. 까칠한 겨울산에
한냉을 녹여야 했던 그 지난의 때를
배움의 단절이 괴로웠다시던

부단히 갈고 닦으신 이론은
화학산 입산후 분답한 중에서도
유격대참모장으로 학습을 지도하셨으니
당신의 이론과 근면성을 따라 배웠으리
당신의 '조국전위'사건때 유학진 동지와
당신의 겸손과 근면을 무기로
조직과 선동일꾼으로 출중했으리니

김현순 동지시여!
밝은 우리의 하늘 만들어지는 날
밝게 웃으며 고픈 서러움 아름답게 추억해요

이연송 선생님을 추모하며

구슬픈 사연 있어
오늘도 울어예는가
사연이사 많겠지
피 토해 풀어헤칠 변
촉, 혼, 이라 말하리 이렇게
두견아! 촉혼아!

문상하는 이 없이
전중이의 손발 빌려
솔바람에 뜬 구름 띄우고
겨울도 봄이듯 꽃내음 맡으며
고요를 적막속에 즐기고 계실
이 연 송 선생님

동포라 베풀었을까
함께 한 시대정신이 시켰을까
표지석이 반겨 알았습니다.

님이시여! 이 연 송 동지시여!
가족도 모르는 채
낳고 자란 고향의 동무도

함께 가자 투쟁 같이 한 동지도
인연의 끈 매듭 맺어라 한 생의 반려자도
모두 다 놓으시고
외로움 반추하며 혼자 계시옵니까
미제의 침탈 매섭고 사나워
임종의 마지막도 강요당해야 했던
오늘의 남쪽 땅 현실이 야속합니다.
살펴 알아내고
어젯 날의 걸어오신 발자취도
오늘의 형편 따라 적어 놓으리다

이 연 송 동지시여!
같은 신념의 한 길 인연따라
동지라 부름을 용납하시고
사업의 한 길에서 땀흘려 일하시는
일꾼들을 다독여 격려해주시고
아름다운 결실보게 지혜마저 주소서

42년간을 사셨던 이 땅에
북과 남 갈라진 민족 앞에
통일과 평등평화 이루게 하시고
세계평화 애호민들의 염원
전쟁없고 약탈과 다툼없는
세계로 전변케 하소서

민주기지가 강건하게 구축되고

침범해 올 어느 누구도 눈 뻔쩍 뜨게
우주과학과 생활과학이 있음을
범접치 못하고 감탄케 하리니
미제도 일제도 순화되리니
세계의 안녕이
우리의 힘으로 담보되리라 믿습니다

이 연 송 선생님!
이 연 송 동지시여!
우러러 존경합니다.
언짢은 사연 버리시고
평화누리소서

이두화 선생님을 추모하며

월출산 노을
볼그레 물들이고
보네 보이네 당겨 안아라
동북의 용정 민주기지 뛰어놀던
평양의 골목과 거리
오순도순 내일의 희망을
주고받던 동무들
어떻게 살고 있을까
나는 빨치산 곧 만나리라 했던

아리땁던 그 시절 그 사람들
다들 어데로 갔나
지리산 회문산 백운산 산산산
조국의 통일과 영광스런 래일을 위해
미제와 그 앞잡이와 헛개비들과
싸웠다 쓰러져 산화했다 이름없이
고귀한 정신 나라 위해 던졌다
그렇게 가신 님을 조상했을 님!

교육자이신 아버지 가르침 받고
민주화된 가정 의견의 수렴

빨치산의 전통 생활을 펼치시니
하나 같이 떨쳐 일어남이여
동생 둘 다 조국수호 일선에
남동생은 15세 인민군으로
여동생은 해방지구 정치공작대로
식구 모두가 조국의 부름에 일떠섰다
장하도다 이두화!
무엇을 바라리요. 오직 자주 앞세워
분단조국 통일만 된다면
이 한 목숨 무엇이 대수랴, 하셨던 님

아버지의 혁명정신 이어받아
도당학교 역사교사로 일하셨을 때
근현대사는 매끄럽지 못했다고
외세의 침략과 간섭, 급기야
일본제국주의 탐욕의 오점, 이어
미제의 군대 앞세우고 점령했나니
이 아니 서러우랴
이 아니 싸우지 않으랴

95세, 이두화 선생님 생을 놓으시니
고종명하셨다
호화롭진 않아도 영광된 삶이었노라
함께 할 동지들이 있고
돌아갈 고향이 있고
조상할 이웃 친지들이 계시니

장차 보고할 이 없으리오
의연히 물러앉아 무등은 말이 없어도
지나온 어젯날
선악시대 다 가리어 알고 계시도다
못내 아쉬움
2차 송환, 그렇게 어려웠는가
돌아 가 나진여고 시절 동무들과
김일성대학 역사학부 동창들 불러내고
지금의 애환 환한 추억으로
회포 풀고 싶었는데, 빨치산의 산
차거운 눈발만이 아니라고
푸르름의 희망 엮어내는 무대였노라고
남도의 인심, 그 멋과 맛
비길데 없이 좋은 곳 좋은 사람들이라고
깨울 때까지 고이 잠드소서

이봉노 선생님을 추모하며

질긴 생명 궂은 인생
조국이 아파한데 안일을 찾으랴
제국주의 혼란에 휩싸인 약소국
정의로운 싸움 발 벗고 나섰다
누가 일으킨 전쟁인데
누굴 겨냥하랴
동족간 이간책동 부셔버리고
우리끼리 살 수 있는 길 찾아라
미제 일제 몰아내고
단군겨레 하나 될 판가리 싸움
일떠섰나니, 이봉노 선생님이

정든 땅 나주 목포 뒤로 하고
부모님께 서럽도록 불효 저질러 놓고
함께 자란 형제자매
아내와 딸 옥자, 남겨둔 채
전략적 후퇴는 간난으로 덧씌워오고
영일을 구하랴 전쟁복구 우선일레
폐허화된 도시와 농촌
천리마 속도로 일떠서라 공장도 농장도
로동자, 농민, 청년학생들이여

모두 다 생산일선으로 하나같이 진군하라

전쟁의 와중에도
로동의 기술혁신을 위해 외국에 유학케하고
학문과 예술의 발양을 위해 국제교류를 했나니
총대를 놓아라
학자와 과학자는 연구실로
이봉노의 국가의 부름, 학교선생으로
그대의 혁명적 창조성은 가르침에서
우수함 돋보여 인정받았나니
그 봉사 그 로력 영광이시어라 가정에도

그대 이봉노 선생님이시여!
뜻모아 길렀던 남녘의 부름
응하시사 뜻 펴시려 오셨음을

보성군 득량면이 어렵더라
고향 나주 목포를 지척에 두고
아뿔사 장흥 안양면에서 좌절
늦골 발목에 웬 놈의 총상인가
잡히니 재판이라 오욕의 영어의 몸
곡절 많은 옥살이
지는 황혼 볼그레 받으며
살아 있으려나 오기태 동지여, 했을

이봉노 선생님이시여!

당과 조국의 부름에 충실히
아내와 딸의 바램에 어긋남 없이
선후배의 요구에 맞게
선생께서는 스스로의 정하신 조선에서
충실히 복무하시다 가셨습니다
바라옵건대
남녘의 산하 아름다운 풍광도
풍요로운 산물도
수고한 자들의 것이 되게 하시고
비 온 뒤
깨끗한 산천과 같은 기분으로
다시 뵙기로 해요

이영원 동지를 추모하며

인술의 대인!

파란만장한 투쟁과 삶의 여정
혁명의 길 우에 수 놓아 빛내리니

그대 이 영 원 동지시여!
원하신 길 밟았더라면 부귀영화 누렸으리
일제하 대구사범 졸업은 멍에
나라 살리고 병약한 백성 살리는
의사가 되자
일본대 의과대를 평정한 조선의 청년
충천한 의기 지식과 기술 발양하라
민족을, 나라를 살려내야 한다

활동은 시작됐나니 임무의 집행
일제의 패망에 이어 점령군으로 미제
세찬 바람 거센 파도 미제의 군령
실형무기에 포고령 무섭더라
38도선 남쪽은
내 명령에 복종하라
미군정 이외 그 어떤 것도 인정않는다
"어기면 총살한다"는 추상같은 명령

억눌린 가운데 조국해방전쟁은 일어나고
합법공간 3개월은 보람찼다
일제잔재 몰아내고
친미세력 척결할 제, 후퇴라니, 오! 오!
장흥 유치내산 입산에서
제3지구당 의무과장으로 분투 그리고
천인공로할 세균전쟁 미제의 만행
빨치산과 인민군이 있는 곳, 병균 살포
벼룩, 이, 빈대, 파리 등을
눈벌판에 뿌려댔다 "재귀열병"원균을
의학도에 의사이신 이영원 동지의 발견
재귀열병 방역과 퇴치에 세우신 공

산중이라 막막산중 뿐이랴
교육이 있고 학습이 있다
전진발전을 위한 대열 비판이 없으랴
여기 동지애의 솟음이 있었나니
방준표 동지의 치료를 이영원 동지가, 여기엔
박영발 동지의 동지애의 발로이니
고마웠노라, 박영발 동지 이영원 동지
방준표 동지의 진심어린 말씀
유기적 소통은 거리와 시간을 초월한다
장소의 원근이 문제랴
부상자 있는 곳 지리산에서 백운산으로
학습이 있고 교육이 있는 곳에
이영원 동지 있었나니, 의사의 영역을 넘어

정치경제학과 조직지도까지 강론하셨으니, 천재시라

염현기 동지 치료차 지하비트에서 발각
염동지는 자폭, 나도 여기서 최후를 맞자
총을 쐈다, 왼쪽가슴을 관통 앞으로 엎어지다
적탄이 등에서 앞으로 또 관통
질긴 생명, 병원으로 이송, 의사가 의대 동기생
살았으니 살아야지
빨치산때 간호장 윤애덕을 아내로 맞고
대를 이을 이정빈 교수를 아들로 두고
염원하셨던 통일조국 못보시고
애석타! 동지시여! 가셨나이까
솔바람 새소리 들으시며 영면하소서

정운창 선생을 추모하며

불꽃처럼 사시다

멈춤을 두랴 계속 전진
생각이 못 미치면 걸으면서
인식이 곧 실천
부단한 실천은 부단한 리론에서
인민을 민중을 대중을 위해 복무함
흩어짐 없이 정리된 사상체계
변증법적 유물론에 한 치의 어긋남 없이
사업작풍 정돈된 상태
일일신 우일신이라 발전은 나날이
도당 조직을 조직원칙에 맞게
인민생활과 연계지우며
풍성히 조화롭게 이끄셨던
정운창 조직부장이시여!
그대 창조적임을 부러워하노라
백운산 지리산 섬진강 흐름따라
눈 내려 시야 가려도
강물에 젖은 옷 얼음되어 서걱거려도
도하(渡河)는 어길 수 없는
작전(作戰)인 것이랴, 빨치산의 필수임
고신간난의 유격대의 여정일지라도
거기 희로애락의 감성이 있다

군당위원장의 책임하에
베풀어지는 산오락회
화합의 매듭 꽃으로 피워라
뭉친 몸과 마음 피로를 풀어라
단합 결속의 빨치산 우애 돋우니
백운산도 축복의 햇살 돋아나
여기 지리산 남부군 이현상부대
전남도당 구례군당 오락회에
남부군 전당적인 축하보내노라
그 보람 빛나리니 영광있으라
하셨을 장면이러니

정운창 선생의 또 하나의 자랑
인연있어 맺으리니 그 매듭
이옥자, 남부군의 아리땁던 낭자
서로 마주 잡아라 함께 하자고
동지로 만나 "여보"로 호답하시는
거기 예우가 있고 행복이 있어라

이옥자님의 명석함과
정운창님의 활달성이 어우러져
시대의 문호 정지아를 점지 받아
강호가 인정하는 집안이 되었도다
정운창 선생님이시여!
지나간 옛날 되새겨 무엇하리오
허물이 없다있다 한들

세태를 눈 흘림으로 본들
오늘을 지워 묻을 수 없음도
한으로 회한케 함이니
정운창 선생님의 업보로 받아 안으소서
선생님과 한 때 담소 추억합니다
영면하소서

임진왜란 딛고 미제를

청산은 무엇을 물으려하는가
창공은 애탐없어라 지나간 애달픔에
세월은 시간을 엮어 기록을 남기는데
여기 점철된 역사 속에
애국의 행정있네 아름다움으로

정종희 선생님!
뼈대 있으신 정씨 가문의 후예
명석한 아들 칠남매의 막내로 나셔서
조국의 환난 맞닥뜨려 맞받으셨으니
소년의 지혜와 지략 빼어났도다
내 이웃 내 동포 쓰린 아픔 없애야 한다
싸웠다, 구했다, 그러나 애닲다
일림산 전투여! 고향의 뒷산이여!
나의 광명을 앗아간 산이여!
미제와 그 앞잡이들의 무도함이여!

실명을 안고 살아야 하는 나의 앞길에
평생을 함께 하고자 손 잡아준 이 있으니
하늘도 땅도 놀라며 축복했어라
아리따운 아기씨 윤점순님을

이성지합(二姓之合)의 백년가약으로 맺으시고
튼실한 오남매 슬하에 두셨도다
생의 양지를 축복속에 넓히셨다

인생의 한길 굴곡과 요철 그리고 풍파
나라가 바라고 나라가 길러준 이 있어
6.25때 헤어진 조카 정 해 진을
가슴 벅차게 안고 볼 부비며 만났다

정 해 진은 갔지만 남은 가족은 파산에 구금
장조카 정춘상 선생님, 어찌하리오
간첩으로 몰려 집행당하고
정 길 상님 10년 징역
정 종 희님 12년 참 벅찬 짐이더라
원한이 사무친다, 청산아 창공아!
티없이 미움없이 살라했다. 어찌 살거나
8년간의 옥고 애환의 점철중에
아내 윤점순 5남매가 힘이 되었고
남민전 박 석 율 동지의 지극한 동지애 있어
버티고 살았노라셨던 정종희 선생님

언제쯤일까
남은 혈육 함께 모여 어젯 일 뒤적일까
삼촌 고모들, 조카들 사촌들 함께 모여
환호하며 추억할 그 때가 오리니

정종희 선생님!
그대의 족적 아름답고 풍성했습니다
반제 반미투쟁과 통일사업전선에서
뿌리고 심어놓으신 님의 알심은
후대들에게 자양분되어 꽃피리니
앞당길 수 있게 역사(役事)하시어
남도의 산하 넘어 조선반도 넘어서
풍성히 거둘 수 있게 하소서, 세계 평화를

조국은 기억하리라
빛난 그대의 한생을
영원토록 영생의 길 우에서

바다여 임자도여

파란만장의 로정 인생의 길
쓰러졌다 다시 일어나기 몇 번이었나
이 땅이 뉘 땅인데 간섭을 받으랴
이렇게 시작한 혁명의 길

대의를 위해 살고
대의를 위해 싸우며
대의를 위해 죽음도 마다하지 않던
빛나리니 선생께서 걸어온 어젯 날이

젊어 팔팔했던 불갑산 빨치산 시절
짙은 어둠인가, 지리산 품을 놓던 날
심신을 달래려 울며 매질하던 때
7년의 푸르름 꿈 부풀려라 뢰옥에서

제2의 인생 새로운 배움의 역정
김일성대학과 모스크바대학을 수학해라
지적 기술적 영역에서 거칠게 없어라
그대 앞 길 창대하리리
원컨대
제1위적인 사람과의 사업

젊은이를 받들고 그를 중심으로
드팀없이 학습에 훈련 지속적으로
창의 창발성을 발동 실천적 행동으로

누구나 실족이 있기마련, 그래도
뉘우침이 적어야 했는데
열매 익기도 전에 강풍을
그것도 독기를 품은 고약한 바람을

어떻게 마련한 토대였던가
임자도가 눈물지고 파도가 통곡하던
오호라, 그 끌끌하던 혁명의 동량을
조국의 이방지대 승냥이의 이빨에,

함께 가신 님들을 조상하노라
최영길 선생님 윤상수 선생님 김질락 선생님
이문규 선생님 김종태 선생님 그리고
민주주의와 조국통일을 위해 분투하셨던
지사 열사 많은 혁명동지들을
묵상하노라
청사에 빛나시라

임자도사건과 통혁당사건은
역사가 증언하고 평가하리니
현재도 울어예는 갈매기가 말하고
철썩이는 파도가 스쳐부는 바람결이

일러주고 있는 듯 합니다.

명사 밟으며 해조음 들으며
1968년의 그 때 님들의 자취를
1972년 7월의 일을
1919년으로 소급 3.1절을
님! 정태묵 선생님의 항일의 역정을
바람결에 묻고 싶습니다.

53세 한생, 아까운 인생
세태는 변하고
정세는 요동칩니다
미일의 뒷걸음 앞으로 돌리려합니다
저희들 땅으로 물러납니다. 기필코

해조음 들으시며
조국의 내일의 영광
염원하신대로 축복하소서

최공식 동지를 추모하며

봄을 만드시려 무던히도 애쓰셨던
따스한 봄볕을 누리에 포근히 앉히시려고
농사꾼의 뚝심으로
화사한 봄 만드심에 여념이 없으셨던
젊어서부터 고행을 지키시며
혁명의 대열에 몸 던지셨던
최공식 동지시여!

반제투쟁 전선에서
민주화투쟁 일선에서
두려울 것 없다 죽음을 마다했으랴
미제 축출, 단독정부수립반대투쟁에서
그대의 업적 빛났으니
그 질곡의 시간 헤쳐나오는 길목마다
그대의 해학과 농담은
침울을 푸르름으로 고쳐잡게 하시고
혁명의 대열을 새롭게 묶어 세우셨어라

혁명적 낙관주의자이신 최공식 동지
그 역량, 그 활달의 성격
감옥안에서도 빛났으니

옮겨다니는 감옥소마다 청주감호소 살이에서도
공식이, 공짜밥 먹었으니
"최고의 미덕은 사상과 이념 지키는 것" 이라시던
해학의 명수이신 최공식 동지
어허라, 내일에 올 봄을 위해
시절도 당겨쓰셨던 순결무구하신 동지

92년간의 생애
동지의 걸어오신 길 어찌 험난이 없었으랴
아들, 병춘 병선을 올곧게 키우시고
일꾼으로 추동하셨음이랴
문중의 민주화 집안의 혁명화를 위해 힘 모으셨고
발바닥의 피부암 쯤 나의 반려여, 하시며
허허, 요놈 암과 같이 가려하네, 라시던

아직도 조미간의 대결, 열을 돋구고
공화국북반부엔 휘황한 건설 이어지고 있습니다
몸 일꾼이신 동지시여!
우리의 봄 함께 맞기로 해요
푸르름으로 영생하소서

일렁이는 푸르름으로

쓰라린 지난날의 일들을 들추지말라
실패해 쓰러졌다고 욕하지 말라
잡다한 개인의 사사로운 것일지라도
보는 이의 눈을 피하고 싶은 것은
미안하고 부끄러워서 그러는 것

조직분자로 조직의 부분의 책임자될
헛됨을 버리고 공의에 따르는 자
공평이 아니라 민주주의가 아니라
신속정확하게 가능한 한의 협의를
송곳 같은 예리한 판단과 실천을
그렇다, 그러한 조직성원으로
오늘을 엮어내는 최전선 일꾼이신
최영도 선생님이시여!
그대가 조직지도하신 임자도의 사업
번득이는 예지, 출중한 지식과 판단력
상하, 연계, 좌우협력, 유기적 지도력은
성원들의 지지 상부선의 믿음 있었음이랴

최영도 선생님이시여!
지방행정의 일익을 담당하시고 위했던

지방민을 위한 지방민에 의한
지역의 허와 실, 과와 태 살피시였듯
임자도의 사업체계 뜻에 맞게
반듯하고 빛나게 하셨음을 압니다
님께서 세우신 공덕은 남아
뒤에 남은 자들의 지표가 되오리다

님께서 밟아오신 영롱한 자취
혁명역사에 길이 남으오리다
세월이 요동쳐 험난한 세태가
있는 조직 꿀꺽 삼켰을지라도
부활하리라, 정의는 죽지 않는 법
님의 사업체계를 계승발전할 후비대
갈매기의 나래짓이 말해주고
나직이 철썩이는 해조음이 속삭여줌을
귀 열어 듣고 눈 밝게 담아내리니
님이시여!
한생을 다바쳐 얻은 알찬 결실
잡힌 게 없다 서러워마시라
신념의 강자이신 님의 염원
꽃피고 있음을 열매 크고 있음을
공화국 북반부에서 열어재낀
핵강국의 완성 ICBM의 위력
나날이 전변해가는 인민생활의 향상
어느 것 하나 놓치지 않고 함께 가는
다 님들의 바램을 이루어 낸 것

님이시여!
님들을 불러봅니다
정태홍 선생님 윤상수 선생님
김종태 선생님 김질락 선생님
이문규 선생님 유락진 선생님
신영복선생님 끝모를 이음이여
다 불러보지 못하고 쉼을 용납하소서

가까운 훗날 다시 찾아 뵈올 것을
쉼없이 가는 일월 잠깐 잡겠습니다.
늘 그러하듯…

큰 스승 황필구 동지를 추모하며

송죽의 푸르름 눈, 서리인들 어찌하리
매운 기운 치솟아라
송곳 끝 같은 예리함으로 찔러 물리쳤다
혁명의 걸림돌 잡것들을,
그리고 어머니당, 수령님께 몸을 바쳤다

한 생 69년
혁명의 대열 끝까지 지켜내기 위해
대전형무소는 투쟁의 현장
사상투쟁, 생활권투쟁, 생명의 존립투쟁
투쟁의 선두에서
가열차게 싸우시다 승리자로 섰다
때는 1985년 12월, 목숨을 놨다
산천이 떨어 울리고
새들도 슬피 울어라
동지들의 오열, 어찌 할거나
통곡은 적의 가슴을 파열했나니
인권의 싹 움트기 시작했다
형무소에 볕이 스며들어 왔나니
여기 인권의 사각지대에

조선의 전라도 사나이 그 기개
일본의 심장부 도쿄에서 떨쳤다
조센진의 거칠고 억센 맛을
세넷은 식은 죽 예닐곱은 할만 했다던
그 이름 조센진 황필구
조선의 독립과 민족자주의 길에서
주오대학은 투쟁의 바탕이라시던

해방의 조국
환희스러워라, 건설의 기치 높이 들고
조선 사회주의 건설에서 앞장스셨으니
인민의 검사로 인민의 이익을 위해
생산의 일선 세포농장 일급기업소 지배인으로
4.5kg의 희푸른 무 뽑아 올릴 제
옥수수 마치현 지게 걸쳐 넘을 제
얼마나 기뻤던가

당과 조국의 부름 받고
고향 남녘땅 혁명의 옥토로 전변하라
충직한 혁명전사 황 필 구 동지시여
이런 인연으로 감옥에서 만났어라
대전 감옥 5사하 10방
박봉현 동지 홍문거 동지 정순택 동지를
함께 했던 투쟁 삼삼합니다
식견의 출중함도
인품의 넉넉함도

혁명의 전략전술도
가둔 자들과의 투쟁에서도
고매하셨고 거침 없으셨으며
앞장스셨습니다

젊은 사람 더 배고픈 법이라시며
가다밥 네등분해 하나 덜어 주시던
실 뽑아 목솜 누벼주시던
육친애를 동지애에 종속시킬 줄 알라시던
자애로우신 스승 황필구 동지시여
조국과 어머니당은
그대의 이름과 걸어온 길을 기억하리다
그대의 빛나는 혁명정신까지를
솔같이 대같이 늘 푸르게
영생하소서

세월의 흐름 따라

많이 듣던
귀에 익은
함께 겪어 다져온 동지려니

한 태 갑 선생님!
지난 날 되짚어
아린 사연 풀어낼까
아니라지 않는가 흘려보내게
표지석에 명패, 이게 어덴가
일월의 밤과 낮
계절의 색과 빛이 선명이
흔적으로 남아 기록이려니
잎새에 이는 바람 결
일었다 스러지는 떠가는 흰구름
옛과 오늘을 담아냄이여
허허롭다 하지마라 미쁨이 있는 걸
조국의 역사발전에 한자락 맡아
나, 한태갑도 역사(役事)했나니
더욱이 서러워 말게나
나 원치 않으니, 그리고 눈을 뜨게나
회오리치는 제국주의 만행의 진수를

없애야 돼 깨부셔야 하느니, 라고 했을

한 태 갑 선생님이시여!
한 태 갑 동지시여!
후진들의 허물을 용납하심, 죄송합니다
덜깨고 부실한 공부
나무라지 않으시고 타일러 밝게 하시니
은혜로움 고맙습니다.

세대의 거듭 흐름, 세태의 변화
세기를 넘나들며 겹치는 식민통치
근현대사를 관통, 민족해방의 투쟁
가열찼나니 그 투쟁, 이어 전통이려니
1894년 갑오농민혁명이
1919년 3.1만세의 변혁이
1926년 ㅌ.ㄷ 동맹의 선진성이
1929년 학생의 날의 맹세가
1945년 미완의 해방이
1950년 조국해방전쟁이
1960년 4.19 정신이
1980년 광주의 항쟁이
1948년 4.3과 여순의 봉기를
어찌 잊으랴 살아나는 어젯 일들을
한 태 갑 동지의 중심년대가
휘황하게, 또 무참하게 일었다 집니다
대구감옥으로, 그 질곡의 나락으로

필설을 빌린들 다 말하리오
고픔을, 아픔을, 질식할 것 같은 가둠을
특사, 모스코바 사동이 상징하듯
여름날에도 얼음이
겨울날에도 불화로가 있는 곳
겪어보고 당해보지 않고는 말하지 말라
인권이란 말 자체가 사치스러운 것
대구뿐이랴, 대전, 광주, 전주가 그러하고
칠성판에 고춧가루물이 함성을 일으키고
더는 견딜 수 없다, 죽음의 선택이려니
이렇게 연명타 가셨을
한 태 갑 동지!
반추하는 어젯날 달가움을 찾아요
투쟁이 있어 혁명기지 북반부가 있음을
웅혼한 공화국의 일떠섬 찬연함을
한 태 갑 선생님!
기쁨속에 예쁜 나날 맞기로 해요
내일을 기약하며,.

제2부

신불산의 호랑이들

신불산 넓게 올라

무상한 세월을 딛고

일월을 구겨 접어 다시 펴볼거나
소급해 본단들 무상한 세월
거기 신불산 간월산 영축산 취서산
여기 가지산 천황산 운문산 능동산
봉봉이 이어내린 우리네 산

얼음골 스쳐지나
미연한 억새밭 밟아 돌아
자욱한 운해 걷어내며 내리던
동지들이여! 빨치산 전우들이여!
곤한 잠에서 깨어나지 않으셨나
출진의 나팔소리 시간을 재촉
일떠나라 총을 메어라
"태백산맥에 눈날린다
총을 메어라 출진이다
눈보라는 밀림에 오나 가슴 속엔 피끓는다
높은 산을 넘고넘어 눈에 묻혀 사라진 길을 열고
빨치산은 영을 내린다 원쑤를 찾아 영을 내린다."

간악한 무리 미제 척결의 전장으로
발 굴려 외치는 정의로운 함성 들립니다.

지나간 시간
운무 속에 희미히 다가서 오는
옛동지들 모습과 자태
굳은 결의 다진 맹세 헛됨 있으랴
이름도 남기지 않은 채
산화해 가신 빨치산들이여!
국제적 연대란 미명하에 동원된
제국주의자들과의 대결에서
한 치의 물러섬없이 싸우셨던
영웅, 빨치산의 숭고한 정신
오늘에 되살려 내렵니다.
이영섭 동지 박종근 동지의 웅혼한 결의와 투쟁
유격대의 총사령 남도부의 다짐과 결의
아련히 들립니다.
조국통일사업에 복무할 지침
어머니당의 포근히 알려주는 자애로운 말씀으로
흐르는 산골물 청아한 소리로
스쳐부는 솔잎의 떨림 소리로
가지에 앉아 지저귀는 산새의 노래로
일러 깨우고 있습니다.

님들의 크신 뜻
오늘에 되살림으로.

공인두 동지의 부탁의 말씀
박판수 동지의 결의의 말씀

사계의 흐름 속에 봄이 오듯
우리의 조국에 분단 없애고
찬란한 통일조국이 활짝 피어날 거라고

지금
당신들의 빨치산 막내였을
구연철 동지 간절함을 피웁니다
곡우절 지내놓고
꽃피고 새움 돋는
따사로운 봄소식을 전해 올리고파
민족의 장대한 래일을 기약키 위해
파렴치한들, 미제 일제 그 하수인 무리들
이들과의 대결에서
승리자로 서게 해주십사 간원합니다.
님들이시여!
지혜를 주소서. 쓰시다 아껴두신 전략전술을
그리고 후비대 우리가 통일성업 이루게 하소서.
우러릅니다. 앞에 가신 빨치산 영령들을
조국과 더불어 님들이시여! 영생하소서

김동수 선생님의 영전에

부는 바람결에 귀를 세우실까
흐르는 물소리에 운신을 하실랑가
적막을 벗삼으시고
고요를 방석 삼아 앉으셨던
김동수 선생님이시여!
과묵을 일삼으시다가도
순간의 폭발이 생산적이었을까
그렇습니다. 달랠 길 없는 외로움
외로움을 반추할수록 짙은 어둠
못 견디게 억제 당한 현실
내일은 열릴 것 같아라 믿었기에
그래도 참고 견뎌야지 했건만
그게 삶의 연속이라시던 선생님

김동수 선생님이시여!
그렇게도 가고팠던 신념의 고향
그렇게도 안기고팠던 당과 조국의 품
안기지도 못하고 생을 놓으신 님
선생님의 간절하신 소원도
선생님의 과업 품신조차 못한 채
고생만 안고지고 몸마져 망가지고

이렇게 사시다 가셨습니다

김동수 선생님!
신인영 선생님을 따라 배워야 했다시며
죄송과 미안을 토로하셨던 님
마음은 가는데 육신이 더디던 가요
남들은 하는데 나는 왜 못하는가
자책만 하신 게 아니였잖아요
그렇습니다
무던히도 로력하셨고 벗어나려 했던 걸
푸르른 희망을 심고 가꾸셨기에
풍성한 열매 걷우어드릴 수 있다는 걸
떠나간 동지도 남은 우리도
알고 있었습니다 선생님의 로력을

함경도사나이의 기개 한번 떨쳐야 했는데
배우고 익힌 기술과 체력 썼어야 했는데
조국을 위해 어머니당을 위해 마져 써야 했는데
그리던 님아! 사모하던 님아!
죽는 순간까지 님을 존경하고 사랑했노라
후회는 뒤에 오고 아쉬움은 남아 이 애태움
2000년,
함께 했던 동지들은 신념의 고향으로
털썩 주저앉은 이는 이 곳에 남았어라
강산이 겹으로 변해가도
육신은 늙고 병들어도

님을 그리는 마음 더 푸르러 푸르러
어느 때나 뵈오리 언제나 안기리
몽매간에 뇌이시며 지탱한 나날이었느니

김동수 선생님!
부산의 후한 인심 있어 그래도 행복했노라시던
살펴주신 한 분 한 분께 고마움 전해달라시던
김동수 선생님!
통일된 그 날을 염원하며
새소리 바람소리 들으시며 고이 잠드소서

김병인 동지를 추모하며

무엇을 말하리오
미안을 접어두고
그저 뇌이게 됩니다. 미안하다고
도당위원장 김병인 동지시여!
접혀 채곡히 쌓였던 지난 시간
눈물도 말라라 서러움 눌러두고
떠가는 흰구름에 얹혀두셨던 어젯 날
아스라이 떠오릅니다
흩어짐 없는 단정한 모습
김병인 동지
조국을 조국이라 부를 수 없고
혈육을 동기간이라 찾을 수 없는
메마르고 거치른 땅 조국의 이방지대

젊어 맞닥트린 왜놈들이사
살 저미고 뼈 깎이는 아픔일지라도
왜 것들 하나 못 내쳐내리
당찬 용기로 맞받았어라
이어 닥친 양키와의 대결
환희로워야 할 해방의 멋과 맛
음미할 조건 몰수해 간 미제

이들과 투쟁 고신간난의 첩첩
산이 좋아 청산을 찾았으리오
백설이 좋아 산야를 누볐으리오
일제보다 악랄한 미제와의 싸움
이겨야했던 투쟁 종결치 못하고
남부군도 정치위원도 도당위원장도
분단조국 없애고 미제축출 하기 위해
싸움에 앞장섰노라, 셨을,

김 병 인 동지시여!
산비트에서 평당원으로 쓰라림
지하사업차 부산에서 선(線)재건
붙들려 다시 감당해야 했던 징역살이
출소후 청주감호소의 재수감
고혈압과 암을 안고 출소 후의 나날
어찌 필설로 새겨 넣겠습니까

동지의 불굴의 정신 크고 맵습니다
동지의 애국충정 뜨겁고 높습니다
동지께서 보여주신 모범 빛남 있어
동지께서 심고 가꾸셨던 정치철학관은
후진과 후배들의 학습자료로 되겠고
실천의 지도적 지침이 되오리라

김병인 동지시여!
세계와 국제정세는 유동적입니다

세계평화애호세력은 넓게 퍼지며
군산복합 그 골치덩어리는 와해중입니다
미제 일제의 준동 끝판인 듯 합니다
자고나면 도시가 하나 씩
새고나면 과학의 발명이 늘어나고
돌아보면 행복이 꽃피어나는
그런 동방의 나라가 있음을

김병인 동지시여!
뜻을 함께 한 동지들의 인사받으시고
매 번 찾아뵙는 이 위로해 주시고
조국과 어머니당과 영생하소서

불굴의 투사이신 김영호 동지를 추모하며

바람불어서라도 영혼을 달래거라
두견이 울어서라도 원통함을 달랬어야지
찌는 염천에도 허기차고 손발 시리던
엄동설한에도 실오라기 걸침도 없이
수정에 오랏줄로 묶이고 채운 채
먹을 권리도 잠 잘 수도 없는 몸
약을 달라고, 호강에 초치는 소리라며
전향이 먹을 길
전향이 출소의 길
전향이 친지 가족 만나는 길이라며
몽둥이 휘둘리고 포승줄은 억죄이고
너의 살 길 찾으란다

망나니들 마리화나 피워대며
바늘 끝 맛이 어떠한가
전향하면 천당인데 사서 지옥질이냐며
마구마구 쑤셔대나 끈적끈적 붉은 피에 피
혼절에 쓰러져라 얼음물 퍼붓는다
인두겁을 쓴 악귀 짐승의 만행

악을 써대고 싶어도

눈을 떠 보고 싶어도
상하 동서남북 방향감각 잃은 지 오래
혀는 굳어 말소리 안나오고
어쩌랴, 가물거리는 정신 가다듬어라
마지막 힘 짜내어라
"오늘도 당했다
이렇게 살 수도 없다"
마지막 말씀, 심금을 울리고
모여라, 흩어진 힘 다시모아 움켜지고
"당과 조국에 한 목숨드리며
통일된 조국에서 영생하리라" 했을,

동지의 장렬한 최후 결의
동지의 염원 이루어내리니
동지의 65년간의 생애의 진수
붉게 붉게 꽃피우리다
꽃향기 그윽하게 만방에 흩뿌리리다
올곧은 혁명정신 가슴가슴마다 새기리다

김 영 호 동지시여!
불굴의 투사시여
혼불로 활활 타는
혁명의 길 밝혀주는 횃불이시어라
당신께서 맞닥트렸던 일제의 만행은
3.1 독립의 깃발의 의미를 알게했고
12,3 학생의 날 반일정신으로 무장

보천보의 진군의 의미 자랑찬 조선민족임을
총독의 독단 징용과 정신대는 민족혼을 깨웠으리
해방의 가려진 비애
일제와 미제가 공탁한 친미와 분할
조선의 독립은 없는 것
미제의 식민통치의 시작, 무서운 학살
이런 경과를 몸소 겪었고 당했었나니
조국의 이방지대 대구감옥에서
장렬히 산화해 가신 동지를
사모합니다. 우러러 존경합니다
기억하리니 당과 조국은 그대의 이름과 걸어온 길을
고이고이 영면하소서, 님이시여!

남도부 하준수 동지를 추모하며

저 깊은 사념의 골짝
두껍게 침잠된 추억들
얽힌 실타래 풀 듯 한가닥 잡아
잊혀졌던 지난 날 애틋한 일들
까맣게 잊혔던 미쁜 이름들
기가 꽉 막혀 목숨 잃은 것도 몰랐던
되뇌여라, 상기하라, 살아 일어서리니
그 중심에 남도부 하준수 사령관이 있다

약관 34세
팔팔한 젊음 솟는 지혜
공화국 강동정치학원에서 유격전술학 교수로
부름받고 남녘으로 빨치산 이끌어라
인민유격대 사단장에서 제3지대장으로
그 지략 신출귀몰 적들의 간담 서늘케 했고
팔공산으로 입산 그 직무 가슴에 얹고
지하조직사업의 거점 대구를 평정타가
앗차 묶인 몸 되었어라
1954년 1월에서 1955년 8월까지
받은 수모. 들씌운 치욕, 늑탈된 생명
얼르다 빰치고 이간책동질 무심했어라

서울로 대구로 부산으로 끌고 다니며
갖은 행패 갖은 책동에도 요지부동
우람한 체격에 공수도 고단자 답게
유격전술의 출중한 교수답게
티없이 깨끗한 사회주의자 답게
미제가 고용한 똘마니들을 감동케 해
역시 남도부 하준수 사령관님이라,고

합법공간 짧은 일 개월여의 인연
서울 돈암동 적산가옥 깨끗한 정원
늠름한 모습 활달한 몸놀림
선-히 떠오릅니다. 님의 모습이

님이시여! 하준수 동지시여!
일제의 단말마적 준동 그 만행
의연히 일떠서 만인의 기치 들어라
지리산에서 힘 합쳐 싸우시다 해방
해방공간 얼떨결에
이승만의 호위무사 몇 개월
무망하고 욕된 이승만과 대결자로 서다
그의 친미 친일은 천추에 씻지 못할
민족 앞에 조국 앞에 반역이었나니
징치하리라 굳게 맹세했어라

푸르른 팔공산
골 깊고 높아라 어머니산 지리산

따스함 풍겨주는 억새고운 백운산
고향 함양 병곡에서
길러지고 닦았어라 청운의 꿈
그대의 웅혼한 지략과 단련된 체력은
미제 몰아내고 그 추종자들도 없는
아름다운 강산 통일된 조국 건설에
다 기울여 썼어야 했는데
오호라, 살아남은 자 애도합니다
그대의 혁명 정신 이어 받으려 합니다
청사에 빛나리니 그대의 이름
그대의 마지막 남긴 말씀 되뇌이노라
상림에서 부는 바람 자장가 삼아
평온으로 잠드소서

박판수 하태년 동지를 추모하며

흐름을 쫓으랴
수 놓아 아롱진 사연을 더듬으랴
세월이 흘렀대도
염원한 우리의 것 담지 못했어라
같이 하다 뒤쳐진 낙오자라 할까
푸르른 희망으로 드릴 말씀 몰라라

지금도 수크렁 나락
풀숲 헤쳐 헤매는 산속인데
박판수 하태년 두 분 동지께
번듯하게 내놓고 자랑할 게 없습니다
서슬 푸른 박동지의 질책 받겠습니다
다독여 격려해 줄 하동지의 말씀
돋아오른 햇살에 얹어 받드오리다

일제강점기 그 분단의 세월
잃은 강토 되찾아 분연히 일떠섰고
바뀌는 일월 무심터라 미제의 마수
강토의 분단 민족의 분열 막아야 산다
하늘도 산하도 남북민족도 하나임이랴
4.3 제주 인민봉기 미제도당의 악랄성

인민 말살에 항거 싸워야 했고
여순의거 놈들의 만행 막아야 했다
정의로운 14연대 그 봉기 함께 했고
지리산은 보듬고 다독여 준 어머니산
빨치산 활동 이렇게 시작되었나니
남도의 골짝과 봉봉마다 혁명의 깃발
입산한 인민들 구름처럼 모여들어
삼남매 업고 안고 길 터준 하태년 동지
어려움도 고통도 몰라라 배고픔까지도
어머니당과 남편 박판수 있어 좋아라
주검을 앞에 두고 희망을 빚었어라
한데, 하산의 발길은 무거웠다
어린 박현희 삼남매 무엇을 알리오
장단에 노래가 웬 말
적기가에 김일성 장군의 노래
취조실에 넘칠 때 혼겁을 했다던
하태년 동지시여!
동지의 한생 눈물겨운 나날 속에
삼남매 반듯하게 길러라 억척의 여인
추억하리 지나간 동지들의 걸은 자취를
보따리 장사로 세상 읽는 눈 열리고
범민련 나가는 길 함께 하며
박판수 동지 옥바라지 정성 쏟아라
몇 번의 옥살이에 가난도 이겨내고
지쳐 실망한 적 없는 일상이셨던
동지들께 삼가 경의를 드립니다

정의로웠고 지고지순의 통일사업에
일생을 바치신 동지들의 모범따라
배우고 실천하고자
당신의 미뿐 아들 함께 했습니다
오도된 역사 바로 잡아 세우고
내일에 올 통일 조국 앞당기기 위해
오늘을 열심히 가꾸는 일꾼들에게
축복해주시고
어머니당과 조국의 영광 함께 하시고
편안하신 영생되소서

배동준 동지를 추모하며

온유하신 중에 끓는 정열
거칠고 까칠한 것 무디게 하고
정의를 위함인데 무엇인들 못하랴
작은 것 일지라도 좋으면 행하라
이렇게 투쟁하시다 가신 님.

변설을 즐기실까
시비를 가리는 일이라면
변증법 들이밀어 열변으로 풀어라
정곡을 찌르는 송곳
이론에 밝고 실천에 민첩
오! 배동준 동지!

동구밖 나들이 80세 넘어서도
자전거가 유일의 교통수단
어려움 없이 페달 밟으시던 님.

안녕 평온을 몰라 멀리했으랴
일제식민으로 수탈의 현장을 겪었고
이어 미제의 강점
점령군의 총구에 쓰러지는 인민.

첫 번째, 두 번째 포고령위반
부산형무소 일 년을 보냈고
서대문형무소 미결수용 중
1950년 6월 28일 환호여!
인민군대의 손으로 활짝 열어재낀 대문
해방의 맛과 멋을, 그리고 석방.
열성 다해 당사업하다 9.28 후퇴
고생은 사서도 한다지만 영광인 고생
중앙당학교에서 김책군관학교로
늦깎기 배움에 올곧은 학풍 심신을 채웠나니
인민군대 정치부 중대장으로 복무타
곡절도 많고 사연도 길어라
통일사업 남조선의 혁명기지 건설에 동원
세 번째 구속, 불법지역 잠입탈출로 15년 형
때는 1957년 8월 인천경찰에 잡혀
1972년 9월 비전향으로 출소
시달림이사 의당 있는 것
푸르른 하늘이 구름이 낀다 어데 가리
네 번째 구속 구금, 비전향이 죄
1976년 9월 청주감호소 입소
1989년, 감호갱신에 불복 행정소송 제기
출소 후 거주지 제한이란 보안관찰법 있더라
고단한 일상이라 순수를 더럽힐까
늙었기로서니 앉아있을 순 없다
서울도 부산으로 광주도 통일사업 있는 곳
노익장 억척으로 싸우셨어라.

일제미제 꼬락서니 딛고 서서
우러러 밝은 태양. 융성발전의 조국을
그리는데 누가 탓하랴.
불굴의 혁명투사 배동준 동지시여!
장하신 생 빛나는 이름 배동준 동지!
조국과 어머니당과 더불어 영생하소서.

무능을 탓할까

지리산 조개골
자욱한 안개
바람 불어 걷히네
총상의 신음소리 잦아들고
투쟁의 마지막 총성도 멈추는가
1953년 12월 하얗게 동결되고
조병화 동지여 위원장동지시여
생이 정지하던 순간 어찌 잊으랴
유장한 세월 그는 가고 나는 남아
정지된 시간 들췄어라
미안 싸 보듬고 내일을 길러라
산화해 가신 빨치산동지를 이름 부르며
그렇게 사시다 가신
송송학 선생님이시여

시대가 그대를 버리지 않고
역사가 그대를 쓰고자 했겠지, 암
작게는 경남빨치산투쟁사를
크게는 이 땅의 근현대사를
젊은이들의 애당애국의 행정을

송송학 선생님이시여
어젯날의 그대 장하시어라
일본제국의 무도한 정책을 반대하여
단군조선의 민족혼 불사루시어 투쟁
일년 옥살이의 중학생되시었고
그 기개 단련하여
미제의 점령통치 그 악랄성 맞받아
삼형제 힘 합쳐 싸웠나니
투쟁전선에서 형님을 통일제단에 바치고
오! 일제보다 악랄한 미제의 퇴치
단결해야, 조직이 있어야 한다는 교훈
단련되고 조직분자로 자리매김했나니
정세는 1950년 지리산 빨치산되어
남도의 치열했던 빨치산투쟁 속에서
"육친애를 동지애에 종속시킬 줄 아는"
시간 약속의 이행 초보적인 군율임을
깨닫게 되고 동지의 중함을 알았노라시던
송송학 선생님이시여
밤톨 하나 나누며
축 늘어진 동지 들쳐업고
능선을 달리며 찾은 비트
최후의 항쟁
그 때 죽었어야 했는데
더럽고 부끄럽게 살아야 하나
눈 뜨면 살아나는 지난 날의 고뇌
다 떨쳐버리고 살자 살아야 한다

민주화투쟁 반제투쟁을 딛고
통일투쟁에 앞장서서 싸워야 한다고

그대 송송학 선생이시여
자신의 능력없음을 자책에 머물지않고
옛 동지들의 발자취따라
지리의 봉봉마다 능선마다 발로 뛰시었고
MBC매체에도 남기셨어라

송송학 선생님이시여!
그대의 애당애국의 정신은
조국의 융성발전과 통일사업에서
살아 숨쉬시라 믿습니다.
님의 념원 이룩될 때
그 때 다시 뵙기로 해요

산화해 가신 공인두 동지를 그리며

소슬한 하늘
꽃을 피우시려나 별빛에 이슬 머금고
어둠 밝혀주는 화-한 얼굴로
그리워 보고파라 어드메 계시온지
물보라 솟구쳐 밤바다 인광꽃으로
님이시여!
우리의 희망이셨던 공인두 동지시여!
살아야한다
살아서 역사의 증인되거라
어머니당의 충실한 아들이 되거라
님이시여!
간직하신 도량 넓고 깊도다
혼돈을 풀어밝혀 앞길 밝혀주시고
지리산에서 한라산에서
만주펄에서 백두산 골골에서
강철로 단련된 혁명전사들
빨치산의 전통 그 교훈따라
혁명의 용광로 새 인간되라
새형의 전사로 다시 서야한다
그대 공인두 동지의 가르침
헛됨 없도다 참되도다

어머니당이 훈도러니 따르지 않으리

동부지구사령관이시었던 그 시절
못 다 밝혔던 교양사업
도덕적 품성과 행동준칙들을
갇힌 몸일지라도 익혀야 한다시며
복도에서도 강당에서도 운동장에서도
토의와 배움의 연속이었나니
사령관이시여 교육자이시어라

법 아닌 법으로 많은 인명 앗아갔고
규칙아닌 시행령으로 생사람 잡았것다
거듭된 징역살이 배고픈 서러움
동원된 형구(刑具)에 찢겨진 사지(四肢)
뼈 깎이고 살 저민 인고의 나날
그래도 살아 남아야 했다. 살았다

20년 징역 다 살고 나니
석방 2개월만에 청주감호소라
이게 나라냐 이게 법이냐
푸른 하늘이 무섭지 않더냐, 그리하여
정의의 전사로 다시 서라
생활권 투쟁을 넘어 민주화 쟁취 투쟁으로
사회안전법이 법이 아니듯
보안관찰법이 법이 아니다
국가보안법의 무소불위, 이 또한 법이랴

일제미제가 만들어 안겨준 법과의 싸움
사상투쟁 인권투쟁 가열찼었나니
싸우시다 지쳤을까 휘청대는 다리
청주감호소 병동에서
쓸쓸이 생을 놓으신 공인두 동지

참일꾼, 신념의 강자, 시대가 낳으신 영웅
조국과 인민, 어머니당을 옹호타 순절하신
그대 영원한 빨치산
순결한 동지 공 인 두 영웅이시여!
분단조국 없앤 통일조국에서
조국과 어머니당과 영광 함께 누리소서

박창수 선생님을 추모하며

성낸 파도 이물로 맞받아 끊으며
내달린다 통일조국 선봉에 서서
그물을 걷어내라 어뢰도 피해간다
험난 딛고 파도 중허리타며
밤하늘 북극성 푯대 삼고
역풍이 별거더냐 순항의 동력이랴
내달린다 혁명의 길 통일의 길로

이렇게 싸우시다 힘이 부치셨나
1962년 5월 31일
어찌 잊으랴, 화성땅 남양만 갯펄의 흔혈을
잃은 동지의 명복을 음송하기도 전
남은 세 동지 관통상의 심혈로 쓰러졌다
그리고, 살아난 것이 죄가 되어
쓰린 나날 굽혀진 허리 가슴앓이
사형에서 무기징역 기약없어라
물러서, 야무지지 못해서 아니라
기왕 내딛은 발 길 조심으로 다 잡고
익히자, 배우자, 열의 다해 일하자
그렇게 익힌 표구사 자격을 얻어라

1985년 8.15 특사
혈혈단신 내던져진 바깥사회
오다가다 시비도 많았건만
보안관찰이 법이더냐 시비는 아니지만
옹골차지 못해 따라야 산다라고
표구사로 터전 마련 열심을 돋우니
배려자 있어 외로움 달래주네
강서에 두고온 자라난 아들 둘
배시시 어여쁜 아내의 얼굴이 겹쳐
뒤척인 몇 밤 괴로웠노라

2000년 6.15 공동선언이 있었고
그해 9월 2일
송환을 눈앞에 보고
가슴 쥐 짜며 탄했노라시던
박창수 선생님
업보로 여길 수 있으리까
저버리시지 않으시고
알심은 늘 다독여 가슴에 품었으니
박창수 선생님, 위로 받으시와요
함께 하셨던 동지, 박희성님 살아
박창수 선생님의 영전에 예의드린다고
박희성 선생님 고향에 돌아가
선생님의 걸어 온 자취
어머니당에 보고해 올린다 했으니
남도땅 후한 인심 고마워하며

미완의 통일조국 혁명의 길에
붉은 정열로 힘 보태주시고
세계에 넘쳐 날 평화
푸르게 맑고 밝게
역사(役事)해 주소서

윤성남 선생님을 추모하며

살가우셔라

숲길 거닐며 나누었던 담소
헛 살지는 안했나봐
이렇게 동지도 보고
래일이 어떻게 전개될까
역사발전법칙에 따라 발전해 가겠지?
원칙에 따르고 배움 열심히
끊임없이 로력하면 되겠지, 하시던

윤성남 선생님!
고단하셨던 지난날
광주포로수용소 적 몸서리쳐지고
고무신짝에 국물 받아 보리밥 넘기던
형무소의 매질에 정강이 나가고
모진 세월 보냈었지
죽지않고 살아남아
가신 동지들 가슴에 품어라
애달파 불러보지만 대답없이
서린 한 발아래 묻고
푸른 솔잎만 씹었어라

9.28 후퇴는

열성당원 윤성남의 배움의 길
민청과 청년조직의 역할 그 활동으로
모범표창 받으신 님
자랑스러웠고 키가 한 뼘이나 컸었노라시던
빨치산의 기개 그 열성 오늘에 살아
식구들 거느리며 그 정신으로
삶을 엮어가고 있다시던 님

봉사정신 발동
찾아준 동지들 차 태워 전송하며
서울, 부산, 광주, 대구 곳곳 찾아 돌며
폴리플러스 한병 씩
동지들 일일이 드리며
우리 선생들은 건강히 사셔야 해요, 하며
이 약은 면역체계를 확실히 높여주는
성인병에 좋다, 소화기능도 향상된다
고혈압 당뇨 관절통에 물론 좋다시며
점포를 치리셨을까
열심히 나르셨다
암에는 불통이셨나, 암으로 세상 버리셨으니,.

윤성남 선생님!
병원에 누워계실 때
눈길만 마주쳤을 뿐 말씀은 없고
맞바라 본 눈의 말씀
나 먼저 가네 잘 있다 오시게, 라는 듯

그렇게 가신 님

윤선생님 가신 지 10년여
강산만 변했을까
요동치는 세계 변화무쌍
미제일제 그 무차별적 제재
작용과 반작용이 있기 마련
제재에 아랑곳 않고
민주기지의 공고화, 날이 갈수록 높아만 가고
억세게 알차게 삶터 다지고
인민의 낙원 나날이 번창중입니다.
코비드19 세계를 놀라게 해도
방역체계 확실해라 조선은 범접 못해
과학이 선도 기술도 따라 발전
극초음속로켓 나라방위 철옹성으로
우주과학의 선도 인민생활에 직결하니
농촌과 도시 어느 곳 누구나
사회보장제도 그 복지 함께 누리나니
선생님께서 바라시는 통일만 된다면
"부러울게 없어라" 그렇습니다.

윤성남 선생님!
통일된 그 날에 부활하소서
그 때 환호하며 만납시다

세월을 탓하랴

발걸음 비록 폭은 없지만
세상 읽는 걸음걸음은 넓고 빨랐어라
세태가 이론대로
여기 환난의 지대 조선 땅
미제와 그 대결에서 승리자였음을

조국의 부름
군대생활의 연장선상
다만 행동반경이 넓었고
대상이 적의 후방 인민생활을 밝히는
조반석죽 끼니나 챙기는가
군데군데 군경의 초소 비껴
서울의 거리 삶의 전경도 살피고
군대시설도 살피는 정보원으로서
그대 이준원님이시여!
동생이 다섯 졸망졸망 커나고
부모님 협동농장의 모범일꾼
분배받은 늦가을
찾은 고향은 풍요로워라 흥겨웠다셨던
벼에 옥수수, 좁쌀에 흰콩 알알로 빛나고
집들이 새집에 방마다 뜨락 가득

풍년의 기쁨 동생들의 환희로움
부모님 말씀
너, 장가들어 살 방, 신방이라고
이불장 옷장에 재봉틀에 라디오까지
환하게 꾸며 놓으셨던

아! 한이 서린다
원쑤의 미제 어느 때나 퇴각할까
쫓아내야 한다 깡그리 몰아내야 한다
울분에 젖어 주먹 쥐며 성토하던
이준원 동지시여!
그 때 서빙고 CIC 유치장
그대도 독방
운동시간 서로 주고받던 우리들의 말
있는 그대로 보탬도 덜어냄도 없이
조사관에게 말해야 한다
인민생활이 향상되고 있음을

철저하셨던 이준원 동지
15년 형무소 징역살이 끝내고
대구의 낯선 곳, 삶이 어려웠다시던

서러웠겠지요
적응하시기에, 사귐도, 경영도, 어려웠으리
서러움을 저 세상까지 동반하셨나요
공동묘지 잔디 덮고 외로워 보였어요

서러움 눌러 밟으시고
솟구쳐 세상 밝히는
조선의 웅혼한 기상을 보시지요
외롭고 서러웠던 어제 날 날려 보냅시다
새천년을 시작할 통일의 날 기약합니다

큰 뜻을 품으시고

智異風雲當鴻動 (지리풍운당홍동)
伏劍千里南走越 (복검천리남주월)
一念何時非祖國 (일념하시비조국)
胸有萬甲心有血 (흉유만갑심유혈)이라
읊으시며 어머니산 지리에 안기셨던
열혈의 투사 혁명을 선도하신 님
보고 싶습니다 안기고 싶습니다
늠름하신 자태
형형한 안광
넓으신 얼굴 미소 머금으시고
넉넉하신 심성으로
국군이라 경찰이라 내통한 스파이라고
목숨은 해치지 말라
후덕하신 사령관 인민을 사랑하사
"휘둘러 갈지라도 전답을 밟지말라"
지리산 깊은 골
저물어 밤이 되면
끼니 걸러 고픈 얘기들 로인들께
당신께서 드셔야 할 밥을
계시는 동안 드렸다신 사령관님
당신의 공덕 대원들 익혔어라

보급투쟁시 강제는 없어야 한다
담보할 영수증 꼭 발급해야 한다
전쟁후 수령께서 갚아주신다, 라고
사령관 동지시여!
그립습니다 보고 싶습니다
경찰관 총경 차일혁까지도
존경의 념 돋우어 베프셨나니
인두겁을 쓰고 할 수 없는
주검을 저자거리에 전시하는 만행
시체를 걷우어 섬진강 강가에서
화장해 세 발의 권총 쏘아 조의를 표하며
정중히 보내셨다는 총경 차일혁도

일제의 간담을 서늘케 했던
6.10 만세를 주동적으로 조직선동하였고
체포되어 징역살아라 풀려나라
학생의 신분 보듬고 상해로
둘러보니 역사의 발전을 짚어 알았고
한인청년회에 가입 이듬해 체포되니
또 다시 4년, 도합 12년 옥살이어라

1945년 8월 15일
미군정하 제 정당 민주단체 불법화되니
월북해 심신을 재정비
수령님의 지시하에
남조선의 혁명을 먼저하라

남하하여 지리산에 거점 마련했다
세계의 평화 위해
조선의 혁명이 선도돼야 한다고
산하는 이르고 인민들은 부르짖으니
분연히 빨치산되어 내외협공
1950년 6.25땐
빨치산 이끄시고 낙동강전투 치열했고
9.28 다시 빨치산되어 입산
조국의 부름에 충실했노라 분연히 싸웠노라
1953년 9월 17일 암울한 날
산이 울고 산새들 조곡했을 슬픔이여
69제 님이 가신 날
허허롭습니다
당신을 따르던 용맹스런 전사들
어데로 갔나요 빈 가슴 안아라
님이시여! 일어나 호령하소서
로동자의 나라 인민의 국가 건설에로
총 진군하자, 고
날과 달이 간대도 잊혀지지 않습니다
님이시여! 남부군 총사령관 동지시여!
이현상 동지를 상념합니다

장두천 동지를 추모하며

조용히 살 수 없는 세상
분답하게 살 다 가신 님

장두천 동지시여
창생에 기울이신 교육정신 빛나
알알로 내품어 익어가는 후진들
세상을 빛내일 횃불로, 향도자로
제자들 양육에 정성 기울이셨어라

장두천 동지시여!
우리의 힘으로 맞받아 싸웠더라면
미제의 모리배적 흉계는 없었을까
신탁이란 명목으로, 찬탁이란 대의로
이간책동질 반탁의 준동 미제의 간계
나라를 가르고 민족을 양분한 자
미제국주의 본성본질 왜 몰랐던가

애국의 대열, 미제를 싸워 이겨야 한다
이승만의 단선단정 막아야 한다
38선 없이 하나의 국가이여야 한다
길러 민족혼을 불러내라 애국의 힘으로
무찌르자, 미제와 이승만도당을
결의 다지고 결연히 일떠선 동지시여
입산 후 빨치산의 넘치는 정열로

경남동부지구당 당기관지 '앞으로'
당선전부장으로 유격대기관지 '붉은 별'
배움의 깊이에서 우러나는 당적 원칙
스승의 따스함으로 기록해 선전선동
그 필치, 그 알림, 그 진실성,
주필이신 장두천 동지의 식견 빛났어라
함께했던 동지들
'앞으로' '붉은 별' 기관지를 읽은 독자들
한 입이듯 찬탄했나니
그의 당성과 계급성, 그리고 그 식견을
그렇다. 그대가 주창했던
프로레타리아의 단결된 힘, 조직된 연결
의식분자화한 빨치산의 힘 그 기상
무엇이 두려우랴
우리 가는 길 그 누가 막으랴
하나의 필설로 프로파간다는
백만대군도 물리칠 지략이 샘 솟듯 했다던
장두천 동지의 모습 그려집니다.

낳고 자란 고향, 울산의 산하
그립다 그리워 동기간 주고 받은 성스러움
고향을 지키지 못한 채
식구들을 안기지 못한 채
금정산 새소리 흐르는 물소리 뒤로 하고
1954년부터 시작된 징역살이
나와서도 매인 몸, 생각조차 매이고

풀어라 풀어 헤쳐라 사념만이라도
아스라이 이념의 고향 그리며
평등 평화 넘시리는 마음의 본향
가슴에 품고 살았노라,
장두천 동지시여!
20여년 찾으셨던 구연철 동지께서
장두천 동지의 안위를 알았더이다.
옛동지 계시매 편안을 가지소서
영면하소서.

정철상 선생님을 추모하며

맑은 하늘 푸르기만 할까

정철상 선생님이시여!
파란만장 한생의 로정 쓰린 나날
한구비 돌아 또 한 구비 맞받아라
만난을 겪고도 굳건히 늘 푸르르시던
동지의 어젯날 애닲습니다
왜 것들의 도쿄에서 애국을 배웠고
출세하자 부풀린 희망 접어두고
힘을 길러라 일제타도 기치 높이 들고
조국을 찾자 지리산을 열고 들어라
젊은 하준수와 구국의 단체 '보광당'을
전투대열로 결성해 훈련 다그쳤던
정철상 선생님이시여!
눈에는 눈, 그렇다 맞서 싸워야 한다
일제는 멸망, 해방의 기쁨 잠깐
미 제국주의자들의 점령군으로 남녘에
포고령 살벌하더라 복종을 강요
일제보다 악독한 미제통치
1948년 제주 4.3 이어 여순항쟁
꼭두각시 이승만 짓인 양 나라 가르고
단선단정 반대투쟁에 감옥살이
부산시당 재건, 분투타가 또 3년형

영일이란 인연없다, 싸우고 또 싸웠나니
병들고 약한 몸이 체질일 수 없듯이
영화영달 누리지 못한 게 내 탓이랴
쓰러지면 일어나고 일떠서면 뛰어라
스스로 일러 각성케 하고
잊을 수 없는 부산의 사업
박판수 고성화 동지들과 함께 하며
신심을 단련하고 굳센 체력 길러라
외로움을 탄대도 탓할 이 없이
박판수 고성화 다 감옥살이 하는데
외로이 남아 산전을 가꾸랴
마음밭을 일구랴 덧난병 앓아라
50세 일기로
1965년 8월 26일 님은 가셨네
한생, 어머니당과 고국을 그리워 했노라
만민평등 민주주의 창달
통일된 조국강산에 펼치려 했는데
못이룬 애탐이여 정철상 동지시여!

돌아보면, 귀여운 딸 희숙
정겨운 손길 다독여주지 못하고
아쉬움만 남아 불러보네, 희숙아!

월봉산 지리산의 스쳐부는 바람결에
후회되는 함숨 속으로 감아 들었나
퇴치못한 미제 끊치못한 반동의 끈

그대의 애당우국 정신 늘 푸르르고
그대의 애향에 가족사랑 따뜻했나니
일두 정여창(一蠹 鄭汝昌)선생님의 가훈
일러 애국의 묘법(妙法) 실천타가
명문 정씨의 선산에 유택을 정했어라

정철상 선생님을 그립니다
정철상 동지를 우러릅니다
후진후학들 성묘 올 때마다
감응하시사 솔바람 살랑거리소서

청학동에 모신 일곱 분을 우러르며

청학의 뜻 헤아려 천년
포란의 인고 밤낮이 있으랴
환인 환웅 단군의 성스러움 받들어
미로인가 돌담 돌고돌아 하늘로 날았으면
여기 일곱 전사 고금을 넘나들었으리
홍익(弘益)의 역사(役事)에 동참하시려

일곱 전사여! 그대들을 전사라 부르렵니다
환난을 없애시는 전사
외세를 몰아내는 전사
분단조국의 통일의 전사로.
님들을 아는 이 아직 없습니다.
이름도 고향도 걸어온 길도
하지만 무엇이 대수리까
나라 위해 싸우셨는데
짐작하신 분, 박순자 동지의 말씀
경남도당 예하의 빨치산이 분명하다는.
이쁘신 님들을 우러릅니다
조국 분단을 막고 통일해야 한다

미제와 리승만의 분할통치를 반대

내 부모형제자매의 안녕을 지키려고
싸우셨던 전사들이심을
정의 평화 인권을 민주주의 적으로 지키시려고
미제승냥이들과 싸우셨던 전사들임을

그대들의 일곱 분의 유택을 옮기려합니다
지금까지 계셨던 곳보다 좋은 곳으로
고요한 아침 청정한 산하 맞이하시도록
햇볕 스며들어 포근함 간직할 수 있도록
새소리 물소리 바람소리 듣고플 때
꽃 피는 봄, 록음방초 우거진 여름
붉고 노랗다 단풍의 가을
눈 내려 로송을 덮는 찬 겨울
듣고 볼 수 있는 곳으로 옮기렵니다.

님들의 유골 정중히 모셔
DNA 감식으로 부모, 자매, 형제 찾으시고
조국은 그대들의 위훈을 선양할 수 있도록
나라 위해 바친 한 생
청사에 남아 길이 전하도록.

일곱 전사이신 님들이시여!
아직 미제는 이 땅에서 준동 중입니다
아직 일제는 뉘우침 없이 희번덕입니다.

일제로부터 해방됐다는 75년

미제의 간교하고 영악스런 75년
이 긴긴 세월을 당하며 살아온 75년
이 일월 속에 님들은 세상을 달리하셨고
나라 허리 잘린 채 75년
휴전선 북 쪽과 남 쪽 많은 변화
지금은 확연히 다른
두 나라로 치닫고 있습니다.
사회주의의 인민주권을 지상낙원을
자본주의의 국민무역은 빚의 량산으로
어지러워 머리채 흔들며
흥겨워 가락에 춤사위
질적으로 서로 다른 지역을 이루고 있습니다

청학이 알을 품 듯
푸르른 하늘 푸르른 물결에 복사꽃 흐르고
어렵게 보이나 통일은 되리
그 때 포근히 조국의 품에 안기소서
일곱 분의 영용하신 그 날들의 뜻 살려
환희로운 날 조국은 그대들을 안으리니
조국에서 부활하소서

최상원 동지를 우러르며

헌헌장부 중 장부셨던
큰 키에 용모 단정하셨던
빼어나시고 준수하셨던
멋과 맛을 아셨고 음율까지
문학과 예술에 해박하셨던
한시대를 꿰뚫어 보시고
새로이 올 것에 예비하셨던
당찬 남자 최상원 동지

일제징집 뿌리치고
동북항일 빨치산에 들고팠던
비록 합류 못했으나 키만큼 포부 길렀으니
유치장 감옥은 이때로부터
다섯차례 검푸른 수의에 십여년의 옥살이
지긋지긋한 일제와 미제의 폭압
그것도 배움의 터전으로 단련의 도장으로 삼았다
그 덩치에 고픔은 얼마며
살저미고 뼈깎기는 고문 얼마였으랴
절대적 한계 죽음과 대면의 순간
한 목숨 바쳐 조직과 국가를 담보함이랴
그렇게 싸웠노라 싸워 이겼노라

신언서판 두루 갖추셨고
박학강기하신 자랑스런 님. 최상원 동지
수령님의 창작 광명성찬가 한시(漢詩)를
정성 기울여 쓰신 글씨 서법(書法)에 맞고
풀이하신 말씀에 서로가 감복했어라

품위있고 존엄 갖춘 가문 최씨댁에서
낳고 자란 최상원 동지시여!
유년때 소년시절 다 잊으시고
울분에 젖어 왜 것들 징집받고 이어 탈출
앗차했을 때 그 나락(奈落) 어둠이랴
해방의 기쁨 있기나 했나 반미전선에서
대구의 인민의 항쟁 치열했고
회색장막이듯 하늘도 빛을 잃었다
조국해방전쟁을 먼 발치 감옥에서 당했던
뜻두고 손발 묶인 그 분통
이 과정 투사로 전사로 태어났어라
온갖 풍상 그냥 지나쳤을 때 없었다
반려자, 박수분 동지 열렬한 지원자
감옥 들고 날 때마다
감옥 후유증으로 앓고 입원할 때마다
함께 하신 박수분 동지가 힘이셨다
최상원 동지시여!
꽃보다 더 예쁜 막내딸 은하의 커가는 모습
그 딸이 아빠를 우러릅니다 존경한다구요

동지께서 염원하셨던 것
하나하나 이루어지고 있는 중입니다
박수분 동지께서 바라시던
동지유해 열사능행도 저만큼 보입니다
선군정치가 낳고 키운 핵강국의 위용
ICBM의 규격화와 그 속도감
새고나면 고층빌딩의 도시가 건설되고
돌아서면 닭공장 남새공장이 새로서고
교육 의료는 옛말 세금없는 국가로 전변
도시에 산간에 해변에 일떠선 놀이동산
살기좋은 낙원이 펼쳐지고 있습니다

최상원 동지시여!
부산의 후한 인심에 언제나 고마워하셨지요
뜻 함께 했던 후진과 후배님들
'민족통일장'으로 동지를 모셨던 이들에게
고마웠노라, 대견스러웠노라, 치하하세요
박수분(박순자) 동지와 가족들에게도
우리 함께 찾을 때까지 편히쉬소서

예술을 사랑하사

50년이 지난 오늘에야
동지의 묘소에 섰습니다.
질기고 이어터진 세월
풀 한포기 나지 않는 척박한 땅
응어리로 굳어 바위가 됐을 원한을 안고
도살된 인권 묻혀버린 민주를 살리려
혼신의 힘 쏟아부으시던
동지! 최한석 영웅이시여!

함께했던 광주감옥 피비린내 맡으며
오라줄 겹으로 매듭진, 질긴 매자국
칠성단에 묶인 몸 코에 물붓기
뒤로 수정 세계 꽁꽁 감아 묶인 '미라' 일레
천장에 매달아 팽그르르 돌리고 돌려라
헬리콥터고문후 내려놓은 삭신
피가 솟아 먹칠인가 부어터진 몸통
고난의 나날, 먹을 물도 서성임도 금지된
인간일 수 없는 금수, 흡혈귀
어찌 살아낼 수 있으랴
61세 한생
약 한 알, 물 한 모금도 받을 수 없는

생지옥, 바닥에 쓰러지셨나니
1976년 5월 15일 늦은 오후
애닯다, 어이하리 한서린 세상 서러움 뿐...

최한석 동지시여!
동지의 죽음은 헛되지 않으리다
기억하리라 조국과 어머니당이
전사답게 싸우시다 산화하신 어젯일들을.

신춘복 동지가 먼저 가시고 뒤 쫓아라
김규호 동지가 동지의 숭고한 희생을
그리며 가셨어라. 오! 슬픔의 괴로움이여!

동지는 예술가
높은 경지의 예술성을 피아노 건반위에 실어
청중을 황홀케 했던 그 때를 회억함도
음악도 문학도 미술도 나라가 있어야
문예의 존재가치가 있는 법
당신, 최한석 동지께선 분연히 일떠서
분단분열된 나라와 민족의 결합과 통일을
선차적으로 완수코자 모든 것 놔두고
혁명일선에 앞장서셨노라시던
불굴의 투사 신념의 강자이신
최한석 동지시여!
당신께서 걸어오신 모범따라
당신을 배우고자 일떠서신 이들에게

힘을 주소서. 지혜와 예지를 보태소서

많은 것들이 변했어도
인민을 위한 예술이어야 한다는
동지의 예술관, 그렇게 가고 있습니다.
동지께서 염원하셨던 그대로
하나하나 이루어지며
사람이 중심이 되고
의식성과 창조성을 발양하는 터전
넓혀지고 깊어지고 있습니다.
미완의 숙제들일랑 젊은이들이 해결합시다.
핵강국의 완성은
누구도 알잡아볼 수 없는
예술의 경지까지 다다르고 있습니다.
최한석 동지시여!
동지의 고귀한 희생 있어
통일 이후의 평화까지 담보되고 있습니다.
원한일랑 다 없애시고
동지의 유택 옮기신 후 뵙겠습니다.
동지의 여유로우신 그대로...

하종구 선생님을 추모하며

날으는 새가 되어

울어 울어라 피 토하며 울어라
산이 울고 달이 따라 울어라
초봄부터 늦가을까지
님을 조상하는 걸까
나라 잃어 슬퍼설까
두견이 울어 예는 서러움
촉혼아! 일떠 세우련만
빼앗긴 나라 되찾고
깃에 배인 어둠 털어내고
훨훨 나래 펴 날아라
창공을 더 푸르게 날아라

하종구 선생님이시여!
조선 팔도 좁다시 누비시며
갈라진 조국의 허리병
점령군 양키 미제군
그 떨거지 숭미자들
치유치 못했고
축출치 못했고
쓰러지지 못한 채
어떻게 가셨나요

이승에 게셔서 여유롭게
선생께서 서려두신 전략전술
후진들에게 교육하셨어야
베풀어 내려주셨어야 했는데
선생께선 무정히 가셨나요
어머니당이 계시고
분단조국이 그대로 있으며
함양에도 왕십리에도
아끼고 이끌어주어야 할 식구들
어찌 잊으시고 가실 수 있나요
시절은 같아도 영역이 달라서
한집안 하(河)씨 항렬은 달라도
서로가 얼마나 그리워하셨을까
김태규 지도하에 산에서 생활
교육도 오락회도 보급투쟁도
대오를 정연히 흩어짐 없었어라

하종구 선생님!
'지리산'에서 하선생님의 말씀
한 가지 자위라면
'놈들의 간악한 전향공작을
끝끝내 이겨 낸 것' 이라고
존경합니다
우러러 뵙겠습니다

우리 겨레만이 겪는 이 야만의 짓

20세기 좌우대립은
역사의 과정이라 합시다
21세기에 이념론리의 작태는
꼭두각시의 헛개비 짓일까요
먼저 산화해 가신 님들을
위로 드릴 길 몰라 하냥 서성입니다
이 땅 우에 부조리
양키의 점령은 한층 더 무심해지고
남코리아 집권세력들은
20세기초반을 거슬러 살아냅니다
하지만 희망을 갖습니다
21세기엔 새롭게 세계질서는 개편
평화애호민의 요구 관철됩니다
생산에 직접 종사하는 일꾼들의 세상
정의로운 로동자, 농민, 청년학생들의
요구는 실현됩니다

하종구 선생님!
오늘날의 북코리아의 발전상
새고나면 새 삶터 새 일터 새로나고
풍요로움이 넘치며 평화로움이 넘실대는
그렇습니다. 선생님께선 단 하나
통일조국을 그리시며 그 날 함께 맞아요
조국과 함께 영생하소서
새가 되어 훨훨 날으소서

한기정 선생님을 추모하며

고기가 물을 떠나 살 수 없듯

한서린 어젯 날 아픔 딛고
보람의 씨앗 심었다
대를 이어 완성하겠다며
조국수호 통일전선에서
오늘도 싸운다 싸워 이기고 있다
그대의 아들, 딸 애국의 기수로

민족해방을 위해
제국주의 타도를 위해
침탈의 사슬 끊기 위해

적이 바뀌면 전술도 달라야 한다
민족력량을 일떠 세워라
반도조선 남녘의 식민지배 까 부숴라
친일분자로 짜여진 미점령군 군정
민족해방과 타도 제국주의 전선에
조국의 부름 인민군 정규군대로
조국수호의 첨병으로
때는 1950년 외세가 일으킨 전쟁에
오직 조국과 인민을 위해
싸웠다 쓰러져 간 전우를 방패삼아 싸웠다

9.28로 전후방이 끊기고 백아산으로
그리하여 붉게 푸르게 싸웠다 빨치산되어

총상을 당하여 겪은 심정
고기는 물을 떠나 살 수 없듯
우리는 인민을 떠나 살 수 없음을
부락민의 정성 있어 원대로 복귀
오! 인민이여! 내 형제여!
동족을 고발할 순 없다, 던 부락민이여!

한기정 선생님!
그대의 품성 그대의 인민성 높도다
조국의 아들답게
어머니당의 배려와 사랑을 실천
며칠을 굶고도 보리죽 한 그릇
서로 양보하며 인성의 고귀성 높였도다
살았으니 삶을 꾸려야지
7년의 감옥살이 끝에
가정을 꾸리고 자녀를 두었고
그 자녀 장성하여 위치 잡았고
못다 이룬 아버지의 념원
실현을 위해 통일성업에서 뛰고
연대사업에서 발군의 력량이라
그대 한기정 선생이시여!
그대 자녀의 앞날에 힘을 주소서
함께 나가 조국통일 이룩할 수 있도록

한기정 선생님이시여!
두 세대를 아우르시고
21세기의 험난 헤쳐 나갈 수 있게
능동적으로 대처할 능력 주소서
그리하여 8천만 단군겨레 태양민족
기상 떨치게 하시라
통일조국에서 영광 누리며
푸르게 푸르게 살게 하시라

그대 한기정 선생님
"그대의 이름과 걸어 온 길을 조국은 기억하리라"
그대의 자녀에게 조국이 있음을,.

허영철 동지를 추모하며

한울타리 남북형제

다섯 살에 말문이 열리고
보는 것 듣는 것 새로워라
글 또한 깨치니 거침이 없고
한문 일어 국어는 물론
수학에 입맛들이니 막힌 게 없고
소립자로부터 우주물리학에 이르리니
궁구할 학문의 세계 넓도다 하셨던
통달할 과제 저만큼 밀쳐놓고
일제의 징용 홋카이도 탄광에서
채탄부로 먹투성이 되었다가
일제의 패망 귀환한 조국 어지러워
38선 딛고 넘어
함경도 청진 인쇄소 일하다
부름 받고 고향 부안으로 귀향
참 바쁘시다. 오르락내리락 남북관통
꾹 참고 농민운동 청년조직
꾸려 넓혀라 지하당 조직 후 맡을
행정일꾼, 합법 때 부안군 인민위원회
위원장으로 그 통솔력 인정받고 소환
중앙당학교 2년간 학습, 성장된 심신
6.25 란 조국전쟁을 맞닥트리니

황해도 장풍군을 평정하라는 명령받고
행정 펴보기도 전에
압록강 너머까지
전란의 무상함
정전협상은 적의 변형된 항복
평양에서 다시 부안으로 비밀사업
총성은 멈췄으나 민심은 흉흉
시침 뚝, 사업에 전념타가
조국의 부름에 부응 원활한 사업
결혼해 아들 낳고 딸도 보고
와중에 확장사업이 과했나
검거되어 징역살이 36년
야멸차더라 인정머리 없더라
부안을 내리시고 김제에서
손자 어리광 받으시고
며느님 고임 받으시다가 분가
무주란 동네 아들네 식구 받아주니
홀가분해 마음 편하더라 하셨던
님, 허영철 동지
동지께서는 신념의 화신입니다
불요불굴의 혁명 투사십니다
징역을 함께 살아 행운이었습니다
베푸신 가르침 실천하겠습니다
출판하신 님의 책 고이 간직하겠습니다
"역사는 한 번도 나를 비껴가지 않았다"
원광대병원 병실에서 유언이듯

"동지의 따뜻함 고마웠어!"
"화목하게 지내셔야 해, 동지끼리"
네. 그렇게 하겠습니다
엊그제 같은 지난 날
동지의 이름 불러봅니다
허 영 철 동지!! 그립습니다

황태성 선생님을 추모하며

오랜 세월 험한 세정
더러운 때 부끄러운 것 없애려고
맞받아 싸우셨다
민족 앞에 조국 앞에 온 몸 바쳐서

왜 것들의 못된 짓거리
양키들의 꼼수
요 것들의 앞잡이 바로 세우시려
분단조국 통일을 바라시고
밤낮을 가렸으랴 숨차다 쉬었으랴
님이시여! 동지시여!
우러러 사모하며 경배드립니다

언론의 힘으로 문화민의 긍지로
민족혼 일깨우시려 애쓰셨고
좌우의 이념 하나로 신간회를
프로레타리아의 단결과 그 지도만이
나라를 찾고 세계 평화도 이곳에
북으로 남으로 누비셨다 몸 바치셨다
님이시여! 동지시여! 선생님이시여!
혁명가의 길 평탄을 바랬으리오만

인두겁을 쓴 자 천리는 아닙니다
파견된 밀사 죽임으로 대답케 한
양키의 만행 그 오랑캐 짓거리
하늘도 땅도 세계의 양심 분노합니다

선생님 가시고 60년
이 땅에 양키는 아직도 도사리고
왜 것들의 미운 짓 그대롭니다
하지만 우리 민족 분발에 분발은
세계 평화 애호민의 환호를 받습니다
강하다는 미제와 맞짱을
교활타는 왜 것들과 경쟁을
그 어떤 부정의와의 싸움에서도
이길 수 있는 기술적 물질적 토대
길러진 인민의 힘으로
타승할 수 있다는

동지시여! 영웅이시여!
동지께서 믿고 따랐던 어머니당
통일로 열어내고
찬연히 빛날 세계의 평화
머지않음을 말씀드리면서
어머니당의 따스한 품에 안기시라
민중과 대중과 인민은 그대를
민족 앞에 나라 앞에 당 앞에
바치신 로력과 성과물을 기억할 것입니다

청사에 빛날 그대여! 선구자시여!
영면하시라.

제3부

지평선의 약속

평화통일 합동추모제

산화해가신 빨치산 동지들을 그리며

하늘이 암울했던, 갈 길도 어둡던 때
산천은 풀어헤친 여인처럼
짙은 그늘이었다. 비탄이었다
고개 넘을 때마다 길 돌아 나올 때마다
험난을 말하리오 쓰라림을 헤아릴까

왜 것들의 미치광이 짓 끝냈는가 했는데
이어 쓸어닥친 양키들의 만행작태
동족상잔을 만들어 부채질하고
서북청년들 앞장 세워 갖은 행패

양심을 발동 분연히 일떠선 이 있어
민족정기 바로 세워 구국일념으로
나라의 분단은 막아야 한다
일떠 맺은 항미빨치산
동북 항일빨치산의 전통 여기에 이었나니
지키자 조국을! 막아야 한다 조국분단을!

정의로운 투쟁, 빨치산의 업적 빛났나니
산화해 가신 님들의 애국애당의 정신
오늘에 되살려라

평화통일 합동추모제 단상에 펼치거라
그대들의 위훈 찬란히 빛나리니

지리산 봉봉마다 한라산 골짝마다
남도의 산하 마을의 골목마다
스쳐부는 바람결 솔잎 떨림으로 알게하고
흐르는 물결 소리 잦아들어
빨치산! 님들의 외침으로 와 닿습니다

신구빨치 모두 단군겨레 한 민족
구국의 일념 안고 일떠 선 조선의 건아
항일항미 제국주의 반대 투쟁
이들의 앞잡이 가련한 망가진 동족
이들과의 투쟁 빛나는 전공 세우시고
빨치산의 이름으로, 산화해 가신
이름없는 아들, 딸들 그리고
전북도당의 방준표 동지
전남도당의 박영발 김선우 동지
경북도당의 박종근 동지
경남도당의 조병화 동지
충북도당의 박우영 동지
충남도당의 윤가현 동지
제주의 김달삼 이덕구 동지
뜻이 가면 발이 가는 전선의 영웅들
이현상 사령관 남도부 사령관
어찌 잊으랴 목놓아 부른다

맵고 강직한 님들의 뜻 여기에 살아
미완의 조국통일 마저 이루라신다
외세 몰아내고 평화정착 하라신다

오! 조국 위해 산화해 가신 님들이여!
이름도 알리지 못한 채 먼저 가신
남도의 빨치산들이여!
추모하노라 경배드리노라
민족혼 돋구어 살려
님들의 추모 빛나게 하리니
아름다운 산천 훨훨날아 오르소서
세계평화 애호민들께 축복하소서
대동의 평전되게 하소서

김광삼 선생님을 추모하며

구도자 솔바람되어

솔바람 솔솔
물까치 휠휠
망초꽃 하얗게 핀
푸르른 묘역 나즈막 한데
흐른다 밀려간다
흰구름 뭉게뭉게 님 계신 곳에

여기 충북 음성 꽃동네 동산에서
새소리 벌레소리 바람소리에 맞춰
엮는 나날 새로움으로 채우고
투정은 버려라 희망을 꽃피우자
이렇게 낮은 음성 섞으며 지냈어라.

지난 날의 고충
오늘에 되살린단들
겨울이 지나 봄이 올 거라
그 순환의 진리 앞에 뜻 없음이랴
사람 사는 동네라 정이 없을까
희로애락이 있고 애오증이 더하는 것
때론 형무소보다 더 각박한 꽃동네
인심 고약한 환경일지라도 고쳐라

주위의 뜻 있는 이 힘 합쳐 개선하니
살만하더라, 고 하셨듯
김광삼 선생님!
남쪽코리아 전역에도
김광삼 선생님의 간직하셨던 그 도량
넓게 베푸소서 실천으로
종내 지상낙원 전변시키시리라

선생님!
선생님의 젊었을 적 그 기량
동북삼성에 조선 반도 넘어 일본섬 곳곳에
떨치셨던 그 권투. 그 기량 그 기백으로
누리에 차 넘치도록 낙원 만들어요
선생님의 경쟁자였던 유 한 욱 선생과
힘 합쳐 협동복락 앞당기소서

소급해 올라 갈까, 다시 그리는
만주 펄 곳곳처처 항일빨치산 찾아헤매였듯
그 정열 높이시어
이제라도 찾아 함께 했노라, 고
이승과 저승은 통일하였다, 고
빨치산 전통을 오늘의 조국건설에 접목
비춘 동방의 빛이
온 누리에 밝게 맑게 비추고 있다, 라고

현실은 냉한의 영역 존재합니다.

이 땅 남 코리아 처처에
똬리 틀고 위세등등한 미제 군대 있음을
주객 전도 이 걸 두고 하는 말
"비행장 활주로 사용료 올리겠다"
점령군 미국군대가 군산의 광활한 땅
점유 비행장 만들고 주인 행세
이런 부조리 깡그리 쓸어버리소서
북남 남북 영토와 팔천만 민족의 염원
그 염원 통일되게 하소서

김광삼 선생님!
어머니당은 기억하리라
그대의 지난 날의 험난 딛고 이루신 공을
그대 김광삼 선생님은
조국의 융성발전과 함께 영원하시리다

김기찬 선생님을 추모하며

파란만장한 세파 속
밤마다 섬광 번쩍
밝혀진 순간의 삶이여
풍운아, 김기찬 선생님 그대는
양대 제국주의의 예봉을 맞받아내며
줄기차게 싸우며 컸다
지혜 넓히고 지식을 함양하며
배워야 한다. 현실을 직시하라
타개 제국주의와 식민지종속관계 해체로
조선의 독립은 기어코 이룩된다며,

그대 김기찬 선생님!
청주상업학교 졸업과 동시
일본척식대학에서 수학 중
불온서적 독서와 은닉으로 감옥생활
기어코 끌려갔구나 학도병으로
일본동해방위사령부에서
일본의 패망을 봤나니, 해-방!

귀국후 발바닥이 땀나도록
건국준비위원회 청년부장으로

혼신의 정력 기울여 일했으나, 아차
미제 점령군으로 포고령 무섭더라
늦게 배운 도둑질이 살인한다. 미제여!
마구 넣고 패대며 빨갱이 질씌우며
전라도땅에 서북청년단 웬말이냐
아수라장 속에 전쟁은 터지니 아비규환
자랑스런 인민군과 자강도까지
현지입대, 인민군 제3사단 정치부 성원으로
조국과 인민 위해 싸우는 전사. 그 영예여
1954년 청진고급중학교 교사로
1958년 통일사업에 동원되기까지
질곡의 나락 조국의 이방지대
1961년 서울의 낯선 동네 형무소에서
4.19 덕인가 무기에서 20년
대전집결은 야멸차더라
동토의 툰드라지대 석상도 얼어있고
7~8백 동지들의 처우개선투쟁
사방에서 총성은 귀청을 때리고
강제급식으로 인명을 앗아갔다
이럴 수는 없다
인권의 사각지대 형무소라지만
그리하여 결연히 싸웠다. 이겼다

순탄한 징역살이 바랬으리오
프에블로호와 김신조가 사단을 냈네
보내니 가야 할 몸 이감! 대구로

1976년 폐결핵은 마산으로 가게했고
악화된 결핵은 1978년 출옥을 낳다

타는 목마름 적실거나
버티니 살아지고
살림을 꾸리니 가정이 되데
식구들 억척으로 도움 받아
동지들 선생님들 조국산하 그리며
가셨으니 선생님이시여!
흐르는 세월에 시름 다 버리시고
통일되는 그 날에 부활하소서.

집념의 강자

바람이 거세지더니
구름이 몰려오고
비바람 뒤 진눈깨비라
돌아서서 걸어라 산령을 넘었어라

조국전쟁은 애국의 길
동북 삼성 평정하고 장강도 건넜것다
이어 내달려 조국 조선에서
날강도 미제와 싸워야 했고
분단 조국을 하나로
분열된 민족정기 하나로
전체 인민의 전사되어 싸웠어라

격동의 시기
식민지 재분할은 속도감 있게 치닫는데
조선도 분할의 대상인가 38선아!

싸워야 한다. 분할은 막아야 한다
조선 반도 지켜내고
민족자주도 평등평화 쟁취하라

낙동강 전투에서 혁혁한 공 세우시고
9.28의 가둠 헤쳐
장안산으로 입산 빨치산되시니
그 위용 백두산 호랑이부대로 날렸어라
덕유산 지리산 가는 곳마다
빨치산의 전략전술 변화무쌍하니
항일 빨치산의 전통
오늘에 되살리셨다. 칭송 높았다
이렇게 싸우시다. 어찌하리까
1952년초 잡힌 몸되어
악랄한 광주수용소에서 극한투쟁
어찌 됐을까, 빼앗긴 목숨인 줄 알았는데
민재에서 15년형 언도받고
1972년 출소까지
감옥도 살아냈는데, 행동반경 넓혀라
넝마주이 공사판 등짐메기에 고철줍다가
고물상 넓히니 생활인 되더라
인연있어 장가들고
아들낳고 살다보니 가정 갖게 됐다며
가끔 씩 만날 때마다
"헛투로 살면 죄되느니"
일러 교훈 주신 김동섭 선생님
고향 찾아 함께 가자던
푸르른 희망 안고 송환 기다리며
구겨진 마음 펴주시던 김동섭 선생님
아들 김화용, 기억해주실까

당의 아들로 커나주길 바라면서
사랑으로 키우셨다. 그리하여
효성 지극해라. 아버지의 군적(軍籍) 찾아
팔로군으로 혁혁한 군인이었음을
중국정부의 인정을 받아냈던 아들

강한 집념의 사나이 김동섭!
그대의 지난 날 빛났도다 영광이어라
강 건느면 태산준령 타고 넘었기에
오늘의 조국 세계에 우뚝함도
조국전쟁을 승리로 이끄신 그대의 공
그 공 안고 조국과 더불어 영원하소서

김상윤 선생님을 추모하며

아름다운 역사의 고장
반월성 낙화암 부소산에
유유히 흐르는 금강의 정기 받아
고고의 성, 외롭지 않게 태어나
파란만장의 역경 헤집고 달리며
갈 길 어두워 되짚어 찾기 얼마였던가
한생 고난의 점철
편안은 저 만큼
이렇게 싸우시다 가신 님

김상윤 선생님이시여!
신동으로 불릴만큼 영명하셨던 님
경성제국대학 의과대학에서
심신을 단련 학업의 성취 빛났도다
폭넓게 보고 듣고
내 조국의 현실, 식민지 식민으로 살 수 없다
조국애 피워 올리니
발 걸음은 가볍게 만주 눈펄 빨치산 찾아라
반일의 기상 드높여 동지들 규합
알차게 이룸없이 맞게되는 1945년 8월 15일
해방정국의 혼돈 잡을 수 없는 갈피

미제의 사촉, 일제에 부역했던 관료들을 동원
동족살해 무서웠다, 이럴 수는 없었는데
'이어니재'의 참상은 이어 나의 일이 될 줄이야

한 때 기상 높여
동지와 서울거리 활보하며
'인민신보' 언로의 확장 사상의 전파
언론인으로 활약하시다
부름있어 보령군으로 귀향
참혹상을 불러 일으키니
보령군당 위원장과 그의 딸 같이
철사줄로 묶어 바다에 수장했다는
이럴 수는 없는데 이래서는 안되는데
날카로워진 신경줄 다독이며
군당의 제반사 정돈될 무렵
9.28 의 전략적 후퇴
수습은 남감했다, 한 때 지리산으로
돌아와 고향집 언덕받이 비트에 드니
누님들의 활약 빛났도다

찾는 자 눈길 번떡이니
숨는 자 길게 있을 수 있으랴
구속되어 재판이라
사형구형에 가족들 황망함이여
살려야 한다 모든 것 다 버리더라도
김상윤은 건져내야 한다

논, 밭 팔고 가재도구 귀금속 다 정리
목숨과 바뀌었다
살았으니 살아야지
오서산이 더 푸르르고

유유히 흐르는 남강이 이르더라
너 김상윤, 양심껏 살았도다
마음 껏 후회없이 살거라
성태산이 또 이르네
너의 배운 재주 고향 위해 베풀거라

대전에서 옥살이 험난의 나날
이 또한 흐름이랴
몸은 바깥으로, 이 또한 큰 감옥이더라
하나는 전체를, 전체는 하나를 위해 복무
공화국 북반부에서 이룩한 전후복구건설
자고나면 새살림터 새로 솟아나고
돌아서면 환한 웃음 희망이 솟네
이런 방송 듣다 아차 실족
은팔찌 차고 몇 개월 징역 살아라

세상은 변했어라 지리산 대성골
옛동지 합동추모제 성황리에 치르고
함께 한 김상윤 선생님
얼마나 흐뭇해하셨는가
"네 헛되이 살지 않았노라"셨던 님

차분이 다 내려 놓으시고
21세기의 정리되어가는 현상
눈 여겨 보소서, 통일의 그 날까지
그 때 만나 환호하기로, 해요

김태수 동지를 추모하며

홋탈한 웃음은

환하게 다가오신 당신
옷 윗단추 한두개 풀어놓고
언제나 웃음 띤 얼굴에 발걸음 총총
워떤겨? 괜찮은 거지, 암!
징역이니까. 그려 또 봐!
조급함 없으시고 무서운 것 없다
무슨 말 했어
나 혼자 지꺼렸지 구시렁거렸어
이 놈이!
간수놈 정신봉 치세웠다 내리팬다

그립습니다. 김태수 동지
징역이 어지간하게 몸에 밴 때 쯤
맷집이 제법 오를 때 쯤
옥용찬 맛 소태도 없어 한이 되던 때
헤어졌지요 광주와 전주로

1965년 3.9 투쟁
살벌한 싸움 죽느냐 살아남느냐
오몽둥이 오영환 그 무지막지
수정에 오랏줄 꽁꽁 묶어

목숨줄 놔야 오랏줄 풀어준다
내리 패대는 매질에 견딜자 누구?
그 항거의 싸움, 생명부지(生命不知) 피투성이
총성으로 사방(舍房)은 먹먹하고
질기게 살았다 싸워 이겼다
운동시간 목욕환경 가다밥 다 좋아졌다
선봉에서 싸워 이기신 당신의 덕이려니

1945년 해방정국 어수선하고
미제국주의의 탐욕 강탈의 짓거리
일본제국주의보다 악독하더라
하숙생의 식량까지 약탈
민족분열 나라분단 동족상잔 일으킨
같은 하늘 이고 같이 살 수 없는
분연히 일떠셨다 빨치산되었다
전사는 싸운다 나라 분단 막기위해
정의는 이긴다
질곡의 난장판이 얼마나 가리
미제의 악랄이 발버둥쳐도
우리는 이긴다 기어코 승리한다

이렇게 싸우다 정의 실현 늦출라,
잡힌 몸 되어 유예시켜야 할 정의런가
그렇게 이렇게 징역 살다 바깥으로
이게 아닌데, 밖에도 큰 감옥 억죄어 오고
사회안전법이 판치던 초입

영장없이 처넣는 청주감호소
싸워라 또 싸운다 나의 의무려니
10여년 감호살이 끝에 나오니 낯설고
원불교 요양원드니
넌 왜 색깔이 붉으냐
개뿔도 없는 놈이
행세부릴 게 따로 있지 빨갱이 짓거리냐!
지쳤을까 외로웠을까 놓자
아침 햇살에 이슬이 지듯
조국에 바쳐진 지난 날 더듬으며
"하루의 피로를 풀 듯 자연으로 돌아가리"
유서 남겨놓고 이렇게 가신 님
떡 벌어진 어깨 잔상만 남고
나라 위한 충정만 남고
못 다 펼친 동지애만 남고 가신 님이시여!
베짱 좋으시고 겁 없이 사셨듯
명부에서도 넉넉히 지내세요
통일되는 날에 부활하소서

한 점 불길로

부끄러움 없길 바랐노라
생의 마지막 순간까지
그렇게 싸우다 가신 님

반제민주화 투쟁에서
미제 일제의 만행
행동으로 매운 맛 보여줬고
끝내 생명 걸고
정의를 실현했도다

불굴의 애국투사
꺾일 수 없는 강인함으로
팔 다리 절단나고
피끓는 심장 파열해
선혈로 아로새긴
"전향을 강요 말라"
오! 장렬한 죽음
박융서 동지시여!
박융서 열사시여!

때는 1974년 9월 20일

악명 높은 대전감옥 특별사동에서
떡봉이들 마리화나에 취해 날뛰고
청소부 바늘로 찔러대라
덩달아 춤추는 사방담당의 미친 짓
출소시켜준다
승진시켜준다
영전시켜준다, 란 것에 눈이 뒤집혀
광분한 무리들
무섭더라 가관이더라 꼴불견이더라

의연히 버티어 낸 동지들의 당성
어머니의 따스한 품 그리며
붉은 노을 얼굴에 받아 함께 붉으며
고난의 역경 암흑의 동굴 지나

환하게 비쳐온 아침햇살 그리며
가고팠던 고향 보고팠던 식구들
가슴에 안고 가신
불굴의 애국투사 박용서 동지시여!
반제 민주화투사 박용서 열사시여!
그대 이름과 걸어온 길
남아있는 당신의 후비대 기억하리

찬연히 빛날 공훈 되새기며
감옥의 치욕의 역사
일제로부터 미제의 오늘에 이르기까지

마루타 생체실험이 있었고
생명의 한계성 얼마나 견디는가
몰모트인가 인간이길 버리는가
금수보다 못한 마귀들이여
멈춰라, 생체실험을
인간성 회복을 그렇게 바랬건만
끝끝내 보지못하고 가신 님
통한의 서러움 거두시고
가시는 길마저 지켜드리지 못해
남은 동지들 부끄러움에 젖어듭니다

역사는 멈춤 없어
민족자결의 폭 넓혀 가고
민주화의 영역 줄기차게
자주민의 자립자강 눈부시게
평화애호민의 뜻 담아
번영 확대하고 있습니다

님이시여! 박융서 열사시여!
혁명역사에 영원히 빛나리라
영면하소서

낙관주의의 실천가

거친 세파 타고 넘으며
흥은 어데서 솟았을까
너털웃음으로 세상을 들었다 놓으시니
어화! 보릿고개에도 인심 솟고
그믐밤 한줄기 빛 어둠을 밝히듯
훤칠한 키 환한 얼굴. 허허허

세월을 주름잡아 산하도 축지런가
동에 번쩍 서에 우뚝 남북이 이러하니
동양삼국이 손바닥 안이러니
한때 동북삼성 섭렵타가 어느 골에서
한별을 보셨것다
어화! 좋을시고 그대의 복이러니
어쩌다 되짚어 발길을 돌렸을고

전라도 갯땅 기름진 옥토
동척이 들쑤시니
이 어이 강탈인가, 내 땅! 내 땅!
식민으로 태어난 걸 후회한들
일제의 억측을 뒤짚지 못할 바에 그들을 없애자
정읍농업학교 들고 나 교사로 한 이년

내친김에 서울로 발길 내딛어라
한양대토목학과에서 수학할 제
내 땅 내 조국 남녘에선
미제의 신식민지정책이 착실히 진행
패망한 일제의 관료 재등용
북에서 밀어닥친 서북청년단의 준동
명일이 없어라, 피비린내 진동하고
드디어 6.25 상잔의 질곡을 들씌운
양키들아! 회개하라! 물러가라!
외쳤건만 이 강산 화마에 덮였다

참되시고 착하신 박정평 선생님!
한 때 정읍농고 민청위원장으로
고향을 위해 학교를 위해 로력하셨는데
전략적 후퇴 9.28은 빨치산으로
전북빨치산사령부 통신과장으로
연락망 확충하며 혁명 위해 싸우시다
1952년 지리산 뱀사골에서 잡힌 몸
수용소에 형무소, 사형에 무기수로
1960년 4.19 있어 출소하니
10여년의 지난 날 주마등 같아라

단선단정은 그냥 그대로
조국의 분단은 휴전선으로
북 남 갈라진 채 UN 회원국으로
중국과 미제간의 갈등은 첨예화

오! 어찌된 일
나에게 내일을 알려달라! 하였던
착하신 박정평 선생님!
예쁘신 따님들
아빠께 효성 다하시며
하나하나 타일러 말씀드린 여식을
치하하시라, 고맙다고 그리고
너희 말이 맞다고
역사발전법칙에 따라 세상은 발전한다는
공화국북반부의 혁명근거지 철옹성같다며
오늘도 지상낙원 거듭 일떠서고 있다는
내 딸과 우리 선생님들 말씀 옳다시는
그렇습니다.
고생스러웠던 요양원 생활 다 잊으시고
통일조국과 함께 영생하소서
하! 통일되는겨!

한 목숨 바치리

하나밖에 없는 조국
하나뿐인 목숨
조국의 통일제단에 바친
숭고한 열사 변형만 동지.

신념의 강자
불굴의 애국투사
뜨겁게 달구어 맵게 품었다
정의로운 신념 안고
적들의 심장을 헤집고 쑤셨나니
그 이름 장하다, 변형만 동지

앳되디 앳된 16세 소년
조국의 부름 받고 일떠섰다
미제가 일으킨 이 땅의 전쟁에
나라 분열 막아야 한다
단군겨레 살려야 한다

정찰의 임무 산야 누비기 2년여
작열하는 폭염도 숨을 고르는가
적아의 경계 넘나들며

갈증을 풀어라 계곡의 감로수
놓친 경계 붙잡힌 몸
군법에 15년 형, 대구 옥살이
만기출소, 그 또한 큰 감옥이더라
갱생보호시설도 과하다며
법에도 없고 규범도 모르는
사회안전법이라는 괴물을 들씌워
감호처분, 청주감호소에 유폐되니
인간 이하, 짐승도 못견딜 처우러라
조국을 걸고 목숨을 담보로
1980년 7월의 단식투쟁
어머니당, 푸르고 붉은 어머니 치마폭에 싸여
김용성 김규찬 동지와 이승의 길 놓았다.
오! 동족이 사람을 살상한다
한 하늘을 이고 함께 살아야 한다지만
인간의 탈을 쓰고 이럴 순 없다
칠성판에 묶여 눕힌 채
목구멍으로 쑤셔 넣은 호스, 위장을 헤집고
소금덩이 상처 난 위에 퍼부었겠다.

세월은 흘러 변한 세태
악독을 씻어내릴까 기억을 퍼올릴까
변형만 동지시여!
동지께 드리는 늦은 추모
많이 책망하소서 꾸짖어주소서
남녘의 형편이 넉넉해지질 않습니다

미제의 여력, 아직도 몽니질
반민족 반통일 반평화 세력을 선동
그러나 일떠서고 있습니다
미제와 대결에서 승리의 담보물이
공화국북반부에 과학 군사적으로 정립
힘으로도 승리할 수 있는 토대가 있음이랴
미제 몰아낸 후 통일의 과정 지켜보시고
함께 환호할 때 기다리기로 해요.

송순영 선생님을 추모하며

늘 푸르른 하늘과 바다
지구의 탄생과 더불어 여일했을

인총이 살아가는 강산
조석으로, 날과 달로 변해라

조국의 조선 나아갈 길 밝혀라
밤이면 북극성 푯대 삼고
일제의 패망 이끌 향도성 찾아라
우리는 봤나니 한 별을 우러러
왜 것들의 초라한 몰골 패퇴한 꼴을
쪽바리 발뒤꿈치 놓칠세라 이어 들어온
코쟁이 양키 무섭더라 그 만행

송 순 영 선생님!
이렁저렁 다 헤아려 보고 계셨을
그 때의 난장판을, 그 모순을
이 땅이 뉘 땅인데 주인행세 대물림
그래서 싸우셨을 송순영 선생님이시여!
미제의 퇴각을 완결치 못하시고
후학들이 통일선봉의 후진들이

넘나간 채 있질 않았습니다
선열들께서 열어제친 길 따라
미제와 그 추종 무리 쫓아내려
가열차게 싸웠고 이기고 있음을
덩치 큰 양키 몰아내는 투쟁, 결코
식은 죽 먹듯 수월치 않았습니다

송 순 영 동지시여!
많이 탓하시고 꾸짖어주시길
뉘우치며 스스로 책망하고 있습니다.

힘의 대결의 투쟁에서
핵에는 핵으로 수소탄이 있고
미사일엔 미사일 화성15호가
SLBM엔 핵잠 북극성3호
뉘 짐작이나 했으랴
우리의 인민무력을
미제를 축출할
평화를 담보할
조선민의 힘이랴

송 순 영 동지시여!
송선생님 송동지께선
민족해방투쟁에 참가하셨고
가족을 조국을 사랑하신게 죄라
갇힌 감옥 옮긴 뢰옥마다

감겨오는 오랏줄 파고드는 은팔찌
갖은 형벌 끝에 산화하셨으니
하늘을 우러러 한 점 부끄럼 없음을,

늦게 단촐하게 찾아뵈옴을
꾸짖어 주십시오 받으오리다

구름이 가린다고 푸른하늘이 어데가리오
찾아주는 이 없을지라도
동지의 푸르른 절개 늘 푸르리니
아직 찾지 못한
그대의 걸어온 길 찾아 나서렵니다
평온을 염원하셨을 동지께
평온을 드리고자 힘 쓰겠습니다
영면하소서

김규찬 선생님을 추모하며

절규런가 이 한을

굴곡이 구비마다 이어져
험난 또한 가지가지로 열리는가
나라가 어려운데 백성인들 성하랴.
김규찬 선생이시여!
환난의 한 복판에 맞서서
싸우셨나니 투사시여!
악명 높은 청주감호소 살인마들
한 번 실패 두 번 범하랴
1963년의 석방은 치욕의 나날
1976년 9월의 감호처분, 회생의 길
강철은 어떻게 단련되었는가
용광로에 달구고 끓이어라
동지들과 더불어 재생된 삶
초보적인 인권을 쟁취키 위해
인류의 양심을 걸고
목숨을 담보로 저당 잡히고
세계평화 애호민의 편에서

1. 사회안전법 폐지
2. 피감호자 석방
3. 고문구타 금지

4. 상부면담을 가로채지 말아라
5. 독서권을 보장하라
6. 편지를 쓰게하라, 를 요구조건으로

1980년 7월 8일 집단단식.

오! 애석타
사동내 소식 알 길 없다
김용성 변형만 두 동지 돌아가시고
중단된 강제급식, 그리고 가열찬 전향공작
김규찬 동지시여!
강제급식으로 돌아가셨나요
매질에 고문으로 세상을 버리셨나요

아침 이슬 쓰러지듯
가실 수는 없습니다.
별빛보다 더 영롱하게 사셔야 할
김규찬 동지신데, 그만 가셨습니다.

장하십니다.
생의 마지막 순간
활활 타는 향도의 불길 되셨나니
그대 김규찬 동지의 자랑이어라.

원쑤 물러가고
조국통일 이룩되어

함께 불러 찬양하리
김규찬 동지.

밝히리라
동지의 걸어 온 길을
애당애국의 순연하신 님의 뜻
길이 전하리라.

박봉현 동지를 추모하며

통일의 로정에서

느긋이 한자리 지키며 살아라
지혜 모아 재주껏 욕심껏 살아라
권속 동기간 편안도 영달도 출세도
네 한몸에 있다 했거늘, 어른의 말씀

동양 삼국을 누비며
세상을 볼 눈을 갖게 했나니
모르는 것 익히고
알았으면 실천하라, 그렇다

지식인으로 교육자로 실천가되어
교사의 직분 뜨겁게 알차게 사신
박봉현동지시여!

머물 수 없다 일떠서라
갈라치려는 미제의 모략 쳐부수고
조국 하나되게 하는 전선 강화
전선반대 단독정부수립 절대반대라
1950년 외세가 일으킨 전쟁
생과 사, 나뒹근 주검 밟고 넘어
남에서 북으로 다시 평양에서 서울로

포탄의 매연, 빗발치듯 탄환속 뚫으며
싸웠다. 양키들의 마수 끝장내려고,.

불굴의 투사 불세출의 영용함
신념의 강자이신 박봉현 동지시여!
밟아오신 어젯날의 길
신작로 아니였기에
개척하신 통일의 길
오늘 날에 더 돋보입니다 아름답게
6년여 비합법투쟁
애간장 녹여 쌓으신 탑
그 길 우에 우뚝 솟아
우리 모두 우러릅니다.

일제를 알기위해서 일본으로
대정대 사범대에 입학 수학하시다
일제를 위해 학병에 동원될 수 없다
조선민의 혁명근거지
만주 밀영을 찾아 떠나라
때를 못맞춤인가 못이은 선(線)
환란 속에서도 평생반려 정순희님 맞았고
일제의 패망 조국으로 귀환
1947년 연희대 철학과 졸업후
고향서 선생노릇
혼란의 시대를 타고 넘어 빛이 보인 듯
조선민의 높은 자치능력으로

자발적 자주적 주체적으로 자치정부수립
평화롭게 흥겹게 해나왔는데
1945년 9월 8일에 내린 서릿발
미제국 군대의 맥아더 포고령
점령군의 위세에 산천은 떨어라
건국준비위원회는 해산되고
일제에 빌붙어 호의호식하던 자들 불러내
반일 애국투사들을 빨갱이로 몰아 넣고
하루 아침에 일장기 있던 자리 성조기 올라
세상은 일제식민지보다 더하더라
살상의 만행 자행되니
전쟁전에 30만 명이 학살됐으니
이 아린 역사과정을 관통해오신
박봉현 동지시어!
신념은 더욱 강화되시고
투쟁의 전략전술 달라져야 한다시며
허리띠 고쳐매시고 새롭게 전진하셨던 님

정순희 선생님의 반려로써 희생적 수발
교사이신 따님
의료계 몸담고 있는 따님
가족들의 배려 컸었습니다. 기억하시고
어머니당의 포근한 품 상시하시며
조국과 더불어 영생하소서.

송병록 선생님을 그리며

얼마나 그리워했던가 보고팠던가
내 조국의 산과 들, 흐르는 시내 부는 바람결을
세태가 나를 불러세웠고
정국이 추동했어라, 독립된 나라되게 하라고
19세 선생되어 학교에서
학동과의 배움 주고받음 즐거움 있었지만
전선에 나서라 적과 맞닥트려라
미제와 그 앞장이들과 대결
치열했노니, 끌려가 갇힌 곳 인천소년형무소
조국전쟁이 나를 불러 공부하란다
양강도 숲속학교 산림대학을 졸업하고
당조직에서 사업건설을 익혔고
미제하 남녘 조국사업에 동원
박재원 동지와 짝을 이루니 원활터라
때는 1969년
푸르름 출렁이고 매미 합창하는 한여름
다시 보는 남녘조국
산천도 거리도 오고가는 사람도 낯설더라
무엇에 의지할가 정을 붙일까
내조국인데 가슴 펴고 심호흡할지니
한데도 서툴더라 안되더라 주눅이 들었는가

붙들려 재판이라 전과의 나열
그렇게 갔나니 사형장 이슬되어
1972년 8월 15일 정오에,

송 병 록 동지시여!
동지는 가셨으나 정신은 남아 살아
조국과 어머니당과 영생하리니
그대의 지나온 날들 알알로 빛나리라
해방정국 소란속에서도
선생님되시어 후비대 양성에 정성 쏟으시고
제자들의 커나는 모습에 흐뭇해하셨을,
비록 몸은 영어에 갇혔을지라도
내일에 올 독립된 자강자주의 조국을
양강도 자강도 산속 숲의 배움터 학교에서
자랑찬 자긍심 기르셨던 그 때들
송 병 록 동지시여!
고향, 김천 푸르른 날
아침이슬 흠뻑 젖은 논두렁 길
주렁 주렁 익어가는 청포도
튀는 메뚜기 나르는 잠자리
푸르른 여름 뿐이랴
거두어 들인 허허로운 논밭
가을갈이로 이어지고
내려쌓인 눈 설원으로 덮힐 때
내가 걷는 발자국
뒤에 오는 이의 리정표가 된다며

앉으나 서나 스스로 타이르며
동무들과 함께 했던 그 그리움

송 병 록 동지시여!
형장의 이슬로 산화하신 지 48년
변했습니다. 산하도 사회도
공화국 남도 북도 변했습니다.
인민이 주인되어 사는 세상으로
평등평화 충일한 내일에로
변천해 가고 있습니다.
다시 찾아 뵈올 것을 기약드리며
안식하소서

오기태 선생님을 추모하며

임자도의 머슴이

일제의 식민으로 태어나
미제의 강점의 땅에서
쓰라린 가난과 민족의 분단을 보았고
살생을 강요당하여
분단조국의 신음속에서
애국애족의 민족혼을 일깨웠노라시던
오기태 선생님이시여!
조선팔도 어덴들 못가리오만
이봉로 동지와 함께 했던 어젯날
임자도며 평양의 거리 탄광촌 온성을
잊으랴 잊히리오 끈끈한 그 정을,

지원군으로 다시 인민군으로
조국에 복무 탄광의 생산일꾼으로
열성당원의 용광로 공산대학에 입학과 졸업
인민위원회겸열국에서 상업을 담당타
대남사업부문에서 일하다 통일사업으로
중앙당 산하 대남현장에 투신
고향땅 임자도의 개조화 민주화 혁명기지화
무던히도 힘 기울였나니
열매는 얼마였던가, 꽃이나 피웠던가

쫓기는 몸 섬 벗어나 광주 왔건만
몸은 잡혀 재판 받아라 무기징역
광주 전주 형옥에서 혁명정신은 잊었을까
20년간 복역타 1989년 출소
성탄절 특사라 예수는 없고
엄동의 인심 살을 에이고
찾을 수 없는 고향
잊혀지지 않아 평양에 두고온 가족
목숨 부지로 배운게 목공의 일
그러다 2000년 9월 2일 오!
가족의 품으로 조국의 부르심 따라
가야했는데 갔어야 했거늘
놓친 기회 잃어버린 시간이여
어머니당은 나를 버렸는가
대지야, 하늘아 나의 조국이여
목 놓아 통곡 후회만 늘어지네,

오기태 선생님!
그대의 어젯날 희망을 수 놓았던
파릇한 새싹 고향의 언덕
망망대해 눈길 막힌데 없이
웅비의 나래 힘차게 활개쳤던
그 시절로 돌아가세요

방심이 20년의 옥살이
센 고집 지키지 못해 또 가슴앓이

폐렴으로 사경을 헤맬 때
아련히 다가서 오신 어머니, 어머니당
깨우침은 더디고 지쳐 쓰러지셨나
2차 송환 못하시고 가셨으니
오기태 선생님이시여!
가족과 어머니당에 전해 올리리다
당신의 채곡히 감싸두신 애국혼을
다시 찾을 그 날을 환호합시다

이용훈 동지를 추모하며

사생간

시대정신 구현하신 이용훈 동지
영역과 시대를 구별치 말라
적들의 삼엄 계속 압박할지라도
그 곳이 형무소 감방
모스코바 사동일지라도
의연하시다 당당하시다
최후의 결단, 생(生)에서 사(死)로의 결행

만난을 극복하시고
편안을 바램이 아니시다
"나의 죽음이 마지막이길
금수만도 못한 만행이 멈춰지길
민족의 자랑함을
혁명의 길 험난할지라도
기어이 맞게 될 광명의 통일 성업을
평등 민주의 주권인민의 정부를
세계만방 평화통일의 시대를
누리며 살 날 맞으리니" 하셨을

님이시여! 동지시여! 영웅이시여!
불요불굴의 전사 이용훈 동지시여!

백절불굴의 투사 이용훈 동지시여!
그대의 걸어온 길
밝게 비춥니다
아름답게 수 놓습니다
장엄한 최후 엄숙으로 맞습니다

해방정국의 어수선
차근차근 정리정돈하시고
고향 옥천에서 중학교 영어교사로
향토의 문화전통 발굴작업에서
발군의 업적 세우시고
동지의 명성 조야에 떨치실 제
이질적인 동족이 있었나요
시기질투로 엄해 받으시어 갇힌 몸 되시니
서럽다 애석타, 그 재주 그 능력
신언서판의 갖추신 인격에
이루어 놓으신 그 결과물 아까워라
서울대 법대의 전신 경성법학 전문대에서
갈고 닦은 인격과 학문 있어
명석한 두뇌 올바른 당의로 선
양키의 간섭과 주구들의 못된 행패
다독거려 준동을 막았어야 했는데
일제의 잔재, 얼씨구 다시 일어나니
가관이더라 지랄발광이더라
건준도 박살나고
진보적 애국단체 모두 해산되니

지하로 스며들어 내일을 기약해라

아들 딸의 옥바라지
대종사 집안 어르신들의 념려
후하게 받아 안고
제자 육영수의 두 차례 접견
전향을 앞에 놓고 흥정은 없다
끊어라 인연의 끈 끊어 놓아라
대전 광주 전향공작 무섭더라
1차 2차 테러 체력으로 견뎌라
3차 테러 전향공작 싸우다 폭발, 오!
1985년 10월 24일 가시다, 오! 통재!
28년간의 옥살이 원한 부려놓고
인테리 신사로서 내일의 조국통일을
평등이 보편화된 세계평화 부탁하며
조국과 어머니당은 기억하리라
혁명가여 영웅이시여!
영면하소서

이창근 선생님을 추모하며

허기진 사람아!

저녁노을에
볼그레 젖은
볼에 손에 붉은 빛
마음도 젖어라 나의 젊음
지리산 늘어진 능선에 서서
하얀 이팝꽃 본다
소복소복 담은
허기 없애줄 쌀밥 같은
이렇게 남도의 산하
보리고개를 넘는다.
때는 초여름 곳은 경남 함안
전투 치열했나니
멈추게 한 총탄, 오! 낙오자여!
그대 부산 포로수용소에서
옮겨 간 거제포로수용소 단말마 인간 백정
투쟁만이 살 길 힘 다해 투쟁!
암흑 중에서도 길이 보였다
1951년 6월 탈출에 성공
경남 의령군 빨치산되어 열렬히 싸웠다
어찌하랴. 적아간 분간 어려워라
화약냄새 빗발치는 탄우 비껴가질 않아

부상은 겹치고 부지한 목숨
진주감옥에서 사형구형에 무기언도
지친 몸 누일 자리 없는
전시하 형무소 매질만 있고
국물인가 맹물인가 밥말아 훌훌 마시는
반찬 찾는 사람도 없었던 시절

눈 지그시 감고
어젯 일 잡아 당기면
소롯이 솟아라. 남부여대 고향버리고
동북 삼성 헤맬 때 이 때가 1935년
일제식민지 25년 되던 해
중국을 유랑타 1945년 맞았네
돌아온 고향 기쁨도 잠깐
미제의 농간 나라를 동강내고
1950년 6.25전쟁까지 일으키니
미제 일제 식민정책 무섭더라
미제를 축출해야 한다
조국은 통일되어야 한다
이렇게 조국전쟁에 동원되어
미제와 싸웠다 그리고 감옥살이

4.19의 학생들의 의거
통일기운 드높여라
가자 북으로 오라 남으로
만나자 판문점에서 외침있어

1960년 15년으로 감형
1969년 7월 27일 석방
좋은 이 있어 결혼도 하고
통일광장 성원으로 뛰니
통일의 절실성 확연했어라
대전지역 통일 일꾼들 좋을시고
분투하시는 뒷길에
힘 보태려했는데

이창근 선생님이시여!
선생님의 로고 치하합니다
로력하신 그 뜻 받들어 모십니다
통일된 조국에서
함북 명천 고향도 찾고
수도 평양의 거리 함께 즐기며
환호합시다. 그 때를,.

최일헌 선생님을 애도 속에 보냅니다

쪽빛 하늘 아스라이 높아라
그리는 고향하늘
북녘에도 흰구름 띄우고 파란 빛으로
거두워들이는 가을의 끝자락
추위와 발길 더디게 오라 부탁이듯
쪽빛 여울져 맞는
고향 하늘 거기 있으리니

94세 생애 애환 많아라
빼앗긴 조국 조선 탈환코자
일제와 싸웠고 이어 미제였나니
형극의 가시밭길
가려 밟을 새 없이 달려 온
어젯 날의 나날 빛남도 많았다
비록 영어의 몸이었으나
환-한 래일이 있어
두고 온 고향산천
믿음으로 다가서 오고
거기 사랑하는 어머니당이 계시옵고
종종 이는 어린 아들 뛰노는 모습
배속에서 엄마 아빠 음성 들으며

하루를 다투듯 세상에 나온 나의 딸
직장의 동료 애틋한 당신
모두 모두 그리워라 보고 싶어라, 하셨던

헤어져 살아야 했나
누가 우리 형제자매 헤어지게 했나
뉘놈이 금수강산 동강내고
우리 단군의 자손을 쥐락펴락 했나
철천지 원쑤 미제 일제의 론간
그들의 굴레 벗어던지고
자유케 하려다 영어의 몸
슬프다 애달프다 미완의 통일 둔 채
혈혈단신 의지할 데 없이
홀로 있다가는 몸, 최일헌

그렇게 자조 섞인 말씀 하셨을,
죽기 전에
고향 땅 발 딛고
사랑하는 식구, 딸 아들 애엄마 만나리
원 풀고자 송환을 들이댔건만
거주이전의 자유!?
단군의 겨레
5천년을 함께 살아온 한 민족
문화, 풍습, 습관이 같은 겨레
몸 부대끼며 함께 살아온 한 식솔인데
왜 고향으로 보내주질 않나, 라 하셨던

최일헌 선생님이시여!
선생님의 주의 주장 옳습니다
평범한 이웃들은 다 이해하는데
당연지사를 외면하는
떨거지들, 그들을 각성케하고
살아있는 송환, 이행케 하시라고

최일헌 선생님!
조국을 사랑하셨듯
스스로를 아끼셨는데, 이렇게 가시다니
영원하시리라
영면하소서

김경선 선생님 김관희 선생님 김창섭 선생님
유일순 선생님 진태윤 선생님 한천덕 선생님

님들의 그리움 담아 추모합니다

적막이 나즉이 내려앉은 산속에서
선생님들을 불러봅니다.
어떻게 지내셨느냐
안녕을 여쭈어도 되느냐고
여러 해 지나는 동안 별고 없으시냐, 고,
함께 계시면서도 외로움 타셨을까
부대끼며 얼굴 맞대여도 기쁨 모르실까
시절이 저물어 냉기 서린 늦가을
겨울을 잡아 당기는 산하의 계절

이 곳
전라북도 완주군 소양면 해월리
인연 중 있어 이 곳 함께 함이여
봉분 뚜렷하고 성함 분명해라
고향과 가족 지나온 날
비바람 씻기워 지워졌을까
애탐도 소망도 어젯날과 함께 묻으셨나
분단 없애기 위해, 외세 몰아내기 위해
자주적으로 민주적으로 평화적으로
주체력량 앞세워 통일하자 하셨던

님들이시여
실천가시여
모든 것 조국 위해 바치신 애국자들이시여

감옥방 이웃하며 살았을
정의로운 투사 해방동지였는데
콩 한 줄 나누어 허기 달랬었는데
운동장에 솔 잎, 풀 한포기까지
입에 우겨 넣은 동지들
어쩌다 한분 한분 흩어졌을까
애닲음만 일어라
살 저미고 뼈 깎이는 형옥살이
배고픔의 허기가 몹쓸 병마가
붉은 마음을 엷게 했다
지내놓고 돌아본 허전함이여
달랜다 받아 안는다 함께 해야지

님들의 이름 다시 불러보네
훤칠한 키에 뽀얀 얼굴
구렛나루에 붉은 입술에 쾌남
유일순 강원도 고성이 고향이라지
땅달막한 체구 힘이 항우라
씨름은 따논 당상
해도해상 무불통지 막힌데 없고
학교엔 안 갔어도 미적분 쯤이야
외아들 진양만 무얼해도 찰 거라며

정평 짜들애기 진태윤
영흥이 고향이신 한천덕
미구축함을 격침시킨 영웅 김창섭 소좌
함북이 고향, 공작원이신 김경선
전라돈가 경상돈가 공작원 김관희님들

사무친 그리움 풀어헤친 그 날
조국과 어머니당이 끌어 안으리니
그대들 조국과 더불어 영원하리라

선견지명이러니

섭섭함을 남기고
외롭게 떠나야 할 사연이라도
재촉해야 될 일이라도
아니면, 가시는 곳 그렇게 좋아서
훌훌 털고 가셨나요

내 조국 남녘
당신의 발길 닿지 않은 곳 있었으리오
당신의 마음 잡지 않을 이 있었으리오
당신을 미워해 받지않을 사람 있었으리오
길이 있는 곳 사람이 사는 곳이면
마음 주시고 정까지 주셨던
정처없이 떠다니시던 운수납자
술이 좋아 살구꽃 피고
사람이 좋아 향화마을 찾으시던
역마살 끼시였나 발품 팔아라
낯설다 그냥 갈까 섞는 말 정이 솟네
이렇게 사셨다던 풍운아시절 접고
돌아본다 지난 날을
조국전쟁에서 정의로운 의용군에 지원
지성이 날카로운 고등학생의 애국심

정상활동을 멈추어라, 고창에 입산
빨치산되어 유격투쟁 참맛 알 때
아뿔싸! 잡힌 몸
살저미고 뼈깎기는 쓰라림
뒤늘어진 신경줄 정신마저 몽롱해라
전주감옥의 지옥같은 암울의 세월
옥살이 접고 거칠은 세파
헤치며 지나온 나날 오욕의 촌음

겪지 않아도 될 격난을 이겨내며
오늘을 살아내시는, 그러다 산화하신
전사, 열사, 지사, 의사님들 그리며
배우고 따르리다 님들의 고귀한 뜻을,
그렇게 맹세하신 한재룡 동지

시절이 알려준 봄일레 찬연한 동방
가꾸고 싸우며 건설의 터전
핵강국의 완성 우주과학의 첨단
무엇이 두려우랴 무엇이 부러우랴
통일조국 건설에 생을 드리리
통일광장의 성원으로
민중탕제원의 일원으로
통일혁명의 역군으로
사시다 가신 한 재 룡 동지시여!
동지의 삶은 헛됨 없으십니다.
동지의 삶은 참되십니다.

원하시던 통일조국 못보시고
원하시던 세계평화애호민의 환호소리
봄날의 꽃향기 그윽한 동산에서
함께 했었으면 좋았으리오만,
그런 날 얘기할 때
웃으며 추억하는 한 재 룡 동지시길
말하리다 다시
솔바람 불어 조국을 일깨울 때
그 때 함께 일어나기로 해요

허찬형 선생님을 추모하며

원만하신 이

무던하시고
원만무구 만사 여유롭다
빨치산되시어 덕유산을 알았고
고기는 물을 떠나 살 수 없음도 알았다시던
빨치산이 인민을 위한 빨치산임을 알았노라

내 고향 삭주
어머니산 지리
후퇴길 막혀 입산한 남덕유
첩첩산중, 토끼 발 맞추며 노루와 함께
돋는 해 지는 달 보며 맞으며
빨치산되고 인민의 고마움 알았노라

내 어머니 내 아버지
서럽도록 보고 팠는데. 이 막둥이가
십남매 중 끝 막둥이 찬형이가
대식구한테 모여 오순도순 나눌 때
그립습니다. 보고파집니다.
삭주의 깊은 골에 형제들이 그립습니다.

왜정 말엽 보국대 징집 받고

왜놈에게 봉사할 수 없다
징집 3개월만에 탈출에 성공
얼마나 목말랐던가
얼마나 보고팠던가
잃은 조국 목말라 했고
부모형제 보고파 했던 걸
막내의 응석도 잠깐
일제의 강점 사슬은 끊어지고
환희의 광복 몰고 오신 항일 빨치산
애국의 길 있다
민주청년동맹에 투신 보안대에 입대
38경비대서 38선 경비할 제
남녘의 김석원 똥줄을 빼았것다
송악산 전투
음파산 전투 20여차례 참전타가
부상당한게 평양공병학교에 입학과 졸업
최현장군 보위부대에 배속
보람있는 군대생활, 화선입당도 하고
이 때가 봄날이었나
그리운 옛날이여!

조국의 부름은 임무의 확장이러니
1950년 6월 29일 서울 입성
1950년 9월 낙동강전투에서 부상
북상루트는 차단되고
산골에서 낳고 자란 산사나이

덕유산 백운산 지리산의 빨치산이어라
전투기 동원에 정규군 몰아칠제
파고드는 총탄에 발목부상
죽지못해 목숨 부지타가
환자트에서 포로가 됐다. 종막은 오고
이때가 1952년 1월 15일
엄동에다 전선에선 일진일퇴
광주포로수용소의 감금. 재판은
어찌 필설로 설명하리오
눈을 껌벅거리니 살았다 했을까

비상조치령으로 15년 언도
살아보니 결핵이라 65년 5월 출소
가는 곳곳마다 혁명의 씨앗 뿌려라
1967년 회복된 건강
결혼하여 남매를 두니 자랑이어라
그 후로 대전은
오르내리는 선생들의 간이역이 되고
둥글 둥글 화색만면 넉넉하신 마음 씀씀이
허찬형 선생님의 본령이듯 하였으니
그립습니다. 허 찬 형 선생님!
통일되는 날에 평북 삭주 찾기로 해요
어머니당 보살핌 받고 계시는
동기간들 동지들 찾기로 해요

최석기 동지를 추모하며

파랑새

영원히 살아계실 최석기 동지
불멸의 화신이신 최석기 동지
백절불굴의 신념의 동지 최석기 동지
님의 정신 오늘에 발양하여
새로운 역사 통일의 역사 쓰렵니다

폭력이 난무한 남녘의 폭도들
폭력에는 폭력으로 맞서야 되는 것
주먹으로 안되니 뭉둥이로 갈겨대다
낭자한 붉은 피 폭도의 면상에 뿌리고
전향을 강요하는 허수아비 군상들
조국분단도 모르고
미국의 신식민지인 줄도 모르고
민주주의의 민주도 모르고
청맹과니 멍청이들 하수인들아!

미국놈을 상전으로
일본놈을 손 잡고 함께 일하는 동지로
너희들이 섬기는 나라
아메리카합중국이냐
제국주의 일본이더냐

미국도 일본도 이대로는 안된다
짐승만도 못한 악마들
절대로 전향할 수 없다

"나의 지조는 나의 양심
 나의 주장을 꺾을 수 없다"
백절불굴의 불퇴전의 강자
최석기 동지시여!
조국전쟁 시 떼거리 16개국의 졸도들
민족의 군대 빨치산의 전략전술 있어
범접치 못하게 지휘 통솔하셨던
인민군 대위 최석기 동지시여!
한 때 대전 감옥에서 꽃피운
동지간의 우의
얼마나 자랑찼었나 그 조직
중촌동, 4사 긴 복도를 사이에 두고
깊은 밤 고요로움 속 전해지는 암호
순식간에 10사, 특별사동 7사, 병사까지
놈들과의 대결
영예롭게 싸우고
명예롭게 산화하자, 라고 하셨을
최석기 동지시여!

악명 높은 대전감옥
수 없이 산화해 가신 우리 동지들
50여년 지난 지금

동지들의 자취 뒤 밟아 봅니다
변화해 가는 세월 속에
한 점 부끄러움 없으셨던 동지들을
박창술 동지 조용순 동지 강동찬 동지 최주백 동지

희망의 파랑새 되신
최석기 동지시여!
환한 날에 웃음으로 환하게 만나요

인연의 끈 끊지 못하고

근신하라
자중자애하라
오늘만 사는 게 아니다
역사를 만들며 역사를 엮어 내며
민족이 살아가고
우리의 후대 함께 살 터전
아름다운 강산 가꾸며
살아내야 할 너와 나, 우리, 우리다.

서빙고 CIC 독방
갖은 고문, 인정이란 손톱만큼도
기술자라 자랑하며 덤벼들고
급기야 견뎌내지 못하고 죽었으니
그 종종대는 그 황망떨던
양키가 동원되고 헬리콥터에 싣고
어데론가 날아갔다. 열흘 넘게

미 8군 의무과
잡은 사람 살려낸 양코배기
고맙더라, 굽신 인사한
양공철, 이력이 통역장교 대위출신

화려했던 군대시절 일떠세우려는 듯
신이났던 양공철, 내 사촌형.

황병열 동지시여!
그대는 나라의 통일과 민족의 창달을 원했지
전기고문 헬리콥터고문 고춧가루고문
마구잡이 두들겨 패는 고문 다 이겨내셨지요
대학교수의 신분은 고문의 가중으로 나타났고
5년여 징역 고문후유증으로 고생하셨고
출소 후 연탄리어카를 끌며
인천바다을 누비셨다는 님!

전북 장수골에서 천재났다, 출세했다
고을을 들썩였던 황병열 동지
그대는 내 어머님의 친정 친조카
서울대 충북대에서
교육심리학을 강의하셨던 님.
심리학 뿐이랴, 국제정세에도 밝으셨고
분단조국의 통일론에도
존 듀이의 교육론에 일가견을
앞으로 통일조국의 교육은 어떠해야하나
부단히 연구, 교육의 방법론 개척하셨고
통일 후의 창생의 교육은 이러해야 한다,
란 교육철학을 강의하셨던 님.

그립습니다.

황병열 교수 황병열 동지, 보고싶습니다.
황병열 형님 황병열 형이 그립습니다.
내동천에서 천렵했던 어린 시절
6.25 때 서울에서 장수 집까지
발이 부르터지도록 함께 걸었던
아! 지난 날 죽음과 마주했던
순간순간들이 형님의 영상과 겹칩니다.
내동의 선산에서 통일을 염원하며
내일에 올 영광 꼭 기다리기로 해요.

강석중 동지를 추모하며

동무따라 강남간다

친구야 친구야
일어날 때가 됐을텐데
혼자 궁리하고 실천하려고?
세 사람이면 제갈량의 지혜보다 낫데
알면서 외면하려고
아서요. 힘 합쳐 앞으로 전진하는
용맹 떨치며 과감하게
친구들 동지로 삼고
현상을 깨트려야 새로움이 솟는 법
사회 변혁을 이끌 친구들 동지로 삼고
일사분란 혁명의 선봉장되어
오늘을 헤쳐 내일의 선진사회에로
그렇게 되리니 그렇게 하리니

수유리집 대청
엄마는 안방에 계시고
여동생은 건너방에 머무는데
열렬한 토론 격렬한 주장에
숙연한 결의 다지며
두 손 마주 잡고 한 길을 잡았다.
엄마도 여동생도 환영의 일색

그때가 1961년 10월 3일.

속으로 다지고 겉으론 의연하게
상부의 명령과 지시에 복종
이렇게 다진 맹세가, 행동이 어긋남인가
사단이 났다. 일이 터졌다.
영어의 몸이 되고 재판이란 무엇이길래
대법의 확정 대전형무소로 집결
동지는 15년형을 살아야 하고
나는 무기형을, 그리고 투쟁은 시작되었으니
나는 4사에서 7사로, 7사에서 10사로
그러는 사이 동지 강석중은 병사에서 단식투쟁
독거방에서 들리는 소식은
단식투쟁의 조정미비로 강제급식을 감내치못하고
생명이 경각, 중통으로 가족에게 인계
형무소 정문을 벗어나지 못한 채 절명.
오! 원통하다.
동지 잃은 이 서러움 뼛속에 사무친다
때가 1968년 6월
전주감옥에서 동지의 부음 듣고
통한의 원한 씹으며 다짐했어라.
동지 강석중의 몫까지 내 다하리라.

통한의 나날 지내놓고
사회에 발 딛고 동지를 찾았네
동지의 분골은 동해바다에 뿌려졌다고

아버지 화병으로 돌아가시니 역시
분골을 동해바다에 뿌려졌다하네
허허롭다 미안하다
촉망된 장래, 헌헌한 장부로
피워보지 못하고 오직 조국 위해
통일 조국의 찬란한 복지국가 건설에
어머니당의 무궁한 앞날을 염원하며
가신 그대 강석중 동지여!
영원하시라.
나, 동지따라 복락의 강남땅으로
가리니 동지여!

제4부

역사를 마주보고 달린 사람들

강원도 삼척 떡고개와 정선 댓재에서

사무쳐라 그리움이여

산허리 돌아 치올려 볼거나
산비탈에 엄동 뚫고 피워낸 꽃
함포사격 하늘 땅 초토화
무스탕 전투기 발광 떨며 퍼부어라
목숨을 던졌다 최전선 불꽃이 되어
여기 피워낸 평화의 꽃으로
1951년 2월 14일부터
1951년 2월 21일까지
병이 아니다, 함포와 폭격으로
살점 가루되어 바윗돌에도 붙고
심장의 붉은 피 뿌려 논밭에 그렸나니
높낮이 없는 평등의 꽃으로
혁명전사들의 넋과 혼 빚어 피운
외세는 저리 비켜라 자주의 꽃으로
삼척 정선에만 한정하랴 누리 곳곳에
겨울의 산천에 꽃이 되어 산화해 가신
불굴의 애국투사들이여!

송정항에서 치부는 바닷바람
U·S·A 함정병사의 살갗 얼굴까
U·S·A 무스탕 파이롯 양심이 살찔까

U·S·A가 왜 이 땅에서 전쟁질도
조국의 분단의 원인도
알지못하는 이 땅의 병사들
일제 40년의 식민으로
U·S·A가 일제로부터 이어 받은
신식민지 경영임을 모르는 걸까
가련함이여 분통이 터진다
모르기에 매몰찬 걸까

육박전도 불사한 이 땅의 젊은 이들
맡붙어 생사를 가려야 했을까

가거라, 무지여!
꺼져라, 미제국주의 침략자들이여!
오라, 평등 평화여!
이루자, 통일조국을 !
누리자, 차별없앤 금수강산에서!

암하고불!
부처님의 자비 그 실천의 고장
강원도, 중후한 인심 저절로 나고
인심이 천심임을 성인의 가르침 뿐이랴
생활에서 얻어진 미풍양속인 것을

인두겁을 쓰고 저럴 수는 없다
사람을 가둬놓고 살상하는 짓

'내미로리' 어진 사람들 동네 어른들
눈물지으며 저 천여명의 생령들
저 귀한 '집'자식들, 살려야 하는데
안타까움만 날려라 경계망 무서워라
나뒹군 시체 어찌 할거나, 한탄한탄,

지난 72년 전 그 참혹상
전쟁사에 남을 죄악상이라고
세계의 양심 말을 한다네.

"태백산에 눈날린다
총을 메어라 출진이다
눈보라는 밀림에 오나 가슴속엔 피끓는다
높은 산을 넘고넘어 눈에 묻혀 사라진 길을
열고 빨치산은 영을 내린다
원쑤를 찾아 영을 내린다
고난의 찬 산중에서도
승리의 날을 열었노라"

그렇습니다. 님들의 염원임을
산화해 가신 그 때의 전경
오늘에 살피면서 묵념하며
구천에 떠도는 넋과 혼 자리 정하시어
조국과 더불어 영원하소서

강원도 애국통일열사합동추모제

열사들이여 영원하시라

산하가 통곡을
멈추느냐 슬픔을 울어 높이는데
산새 들새 따라 울어라
풀벌레도 슬피 울어예네

왜 산화했느냐
물어온다면 대답하리
내 조국 허리 잘라 병나게 한
미제 몰아내려 싸우다
총탄에 쓰러졌노라, 고

해방이랍시고 좋아했는데
물러 난 일제보다
성조기 앞세운 양키가 더 무서워라
미제 점령군 포고령 안하무인
건준 뿐이랴
민주주의 깃발 높이 들고
나라 찾자던 선진적 모든 단체들
불법화 지하로 전환 그 싸움
치열했나니 양키와의 투쟁
주구들의 준동 그 상전보다 더했고

이들과의 투쟁 정의의 싸움에서
밤낮이 있으랴 로소라고 비켜가랴
전란에 휩싸여 성한 곳 없이
조선팔도 도시와 농촌 거리와 골목
산과 들에서 산화해 가신
이름도 모른 채 싸우다가
그리노라, 경배하노라, 받들어 모시노라
여기 청정한 고장 강원도 정선에서
당신들의 후비대
열혈투사들 뜻 모아
팔도에 계시는 옛동지
형편이 어떻다 할지라도
일 년에 한번 손 마주잡고
울음이 솟을라 지나간 일 눌러두고
담소의 짬 함께 하는
그런 추모의 자리라 이해 구하며
님들께서 세우신 공 찬양케 하소서

님들이시여!
열사들이시여!
님들의 희생있어
내일에 활짝 열릴 인민의 낙원
이 낙원을 약속드립니다

푸르른 소나무 숲 솔바람 일으켜
푸르디푸른 내일에 희망 나부낍니다

당신들의 고귀한 희생 있었기에
넘어지려는 조국 붙들어 세웠고
내일에 올 통일 조국을
노래할 수 있음이랴
선구자들이시여!
당신들을 따라 배우는 우리 되게 하소서

가을을 재촉
금수강산 동면에 들 지라도
당신들의 후비대 깨어 있어
님들을 찬양케하고 실천케 하소서
님들이시여!
열사들이시여!
영원하시라!

뜻 받들어 선생님늘 마음의 령정 모시고 추모합니다.
영원하소서

금선사 해방구

산사의 고요로움
목탁 두드리는 소리에
일주문이 열리고
나부끼는 굴밤잎 소리에
열리다가 다독이는 정밀이던가
생기 돋우소서
열리는 아침 맞으소서
여기 동지들 후배님들 친지들
함께 했습니다
자주 뵙지못해 미안을 포개고
입에 맞는 소식 올리지 못해
죄송합니다. 라고 읊조립니다.

박정숙 선생님 김선분 선생님
신현칠 선생님 최남규 선생님
금재성 선생님 손경수 선생님
정순덕 선생님 유영쇠 선생님
유병호 선생님 이선근 선생님
송세영 선생님 손윤규 선생님
문상봉 선생님 맹기남 선생님
정대철 선생님

안희숙 선생님
강 담 선생님께 경배드립니다.

숙연해집니다
선생님의 함자를 입으로 눈으로 머리로
모시다 눈물이 앞을 가립니다
선생님들께서 그렇게 염원하신 통일
이 통일이 달아나려 손가락 사이를 벌립니다
오천년을 함께 살아 왔고
칠십년을 갈라져 살아 왔다고 한
그 때, 십오만명이 삼십만의 눈동자로
전파를 타고 누리 곳곳마다 천명했던
그 연설, 귀에 눈에 생생한 채 있는데

2000년의 북남영수회담
통일의 말씀, 그 방법까지 담아냈던
6.15선언, 어제런 듯 한데
왜 잊혀져 가야 합니까
선생님들이시여!
역사(役事)해 주세요
통일을 일깨우고
잡사상은 버리게 하소서
남녘이 피도 눈물도 없이
전쟁을 선동하고
민중을 불안케 하는 그 사람
정신 들게 하시고

단군겨레 우리민족의 내일은
우리 민족이 책임진다
우리 민족이 자주 자치(自治)한다
우리 민족은 통일해야 한다
예부터 우리 단군겨레는
문예를 즐기고 노래하고 춤추는
문명한 민족이라 칭했었나니
민족을 믿고 민족을 앞세워
민족제일주의를 펼치도록 하소서

선생님들이시여!
부끄럽습니다
일제의 굴레 벗어났는가 했는데
미제의 구럭 쓴 지 77년
8천만 하나될 때
금선사의 정밀정일 그 잔잔함
찬양받으리다
좁을지라도 선생님들의 해방구, 라 여기소서
동지들께 영광드리러 오겠습니다
영원하소서

푸르른 솔

늘 푸르른 솔이여
북풍한설 몰아쳐도
의연히 한냉을 감아드리고
푸르른 색 변하리까
변함없이 의젓하게
자리지키며 서있는 솔아!

소년공으로 로동을 몸에 달았다
하루를 일해야 하루를 산다
누구를 위한 로동이냐
허기를 참으며 기계인 양 연속작업
너 자신을 알라지만 나를 몰랐다
외적 작용은 내적 모순을 발동
인식은 곧 실천임을 알았으니
항일의 정당성 소년이라 모르랴
싸워야 산다 싸워 이겨야 한다

1937년 원산 석유공장의 파업
치열했나니, 항일유격대의 지침의 실천
체포구금, 김천소년형무소 직행
8년 복역 중 1945년 8.15 맞다

감옥에서 해방을 맞고
평양으로 부름 받아라 공부를 하라신다
해방정국의 혼란을 신속히 정돈하고
안정된 민심 조국건설로
빨치산의 전통 지방행정에 접목
교육에도 힘 보태여라 너의 경험을
조국은 아느니 그대의 력량을
미제와의 전쟁 가열찼을 때
인민군 정규군 여단장으로
최현장군의 엄호하에 펼치는 전투
빛났도다, 그대의 전략전술
조국해방전쟁은 전선이 고착되고
그대의 축적된 지혜
통일사업에 경주할지어다
때는 1955년 대전을 사업지로
2년여 일하시다 아차!
체포되어 재판에서 15년 선고
소년적 형무소 경험 오늘에 살려
느긋하고 항상 푸르게 살지니
온갖 형태의 좁혀져 오는 가학에도
변화된 형편에 맞추어 가슴을 펴라
고프고 춥고 아프고 고랑 채운대도
평정심 잃지말고
늘 푸르게 늘 의젓하게
찡그리지도 말고 웅크리지도 말아라
맞아 기절한대도

맞아 죽는다할지라도
투사의 삶은 항상 푸르름이리니
그렇게 사시다 출소하시고
1975년 악명높은 사회안전법의 시행
영장없이 재구속, 이게 나라냐
청주보호감호소 15년
위헌 심판으로 출소하니 때는 1989년
사회생활이라 호강이 있으랴
오직 낙성대 만남의 집 동지들의 배려
백두옹 최남규 선생, 좌장이신 이종 선생님
그리워라 권오헌 김호현 김지영님들
죽는단들 잊으랴 어머니당을 오!
그렇게 사시다 가신 금재성 선생님
신념의 강자 백절불굴의 애국투사이신
금 재 성 동지!
푸르른 솔 금 재 성 동지여!
영원하시라

햇볕 내리 쬐는 날에

햇볕 내리쪼이는
8월의 염천
하그리 바쁘셨겠지요
함께 있어 알아야 한단들
죽음까지도 나누어 가지리까
그렇게는 될 수 없음을
그래서 외로움을 두르시고
기별 전할 이 있을까, 없다고
고요로이 오솔길 밟고
쓸쓸함 놔두시고
가셨나이까 미동도 없이
무정한 사람아!
김 교 영 선생님아!
근면성실을 빼 놓으면
아무것도 없으실 선생님
주위 사람까지 일깨워주시고
시작했으니 맺음은 당연지사
건축에서 일가를 세우시고
토목에서 이름을 떨치셨나니
함께 한 로동의 결과 빛날 제
모두가 기뻐했고 찬탄했어라

설계도면 읽어내라 세워지는 건물
다진 기초 층층이 높아가는
열과 성의 결정체
투하되는 로동의 질과 양
아름다운 살림집 우리의 것
고층건물의 빌딩 숲 인민의 것
이렇게만 된다면 얼마나 좋으랴
기쁨도 보람도 헛 꿈
영달도 자본주가 인정한 기간 뿐

빨치산되어
지리산 덕유산 백운산 령봉 누비다가
영어의 몸
배운 것이 무엇일까
명이 붙어있는 한 일을 하라
목공기술연마
창호를 넘어 건축에 언제(堰堤)까지
토건인들 대수랴, 이렇게 익힌 기술
7년여 징역, 던져진 사회에서
생존경쟁, 눈 감으면 코 베어갈 험난
열심히 알려지고 토대까지 닦아라
결혼하여 딸 낳고 아들은 기사러라
두고 온 함경도 고향을 그리며
부모님 묘 찾아 성묘하고
동기간들 만날 날 기다리다, 무정타,
전쟁포로인 김교영인데

왜 안보내주나, 절규타 목숨 놓았나
그렇게 가신님 김교영 선생님!
원망일랑 접어 넣으시라 원한까지도
햇볕 쨍쨍한 날 환한 날에
통일의 노래 부르며 고향땅 밟아요
김교영 선생님!

사랑했기에

보고팠고 뵙고 싶습니다
몹쓸 것을 다 걷어내고
갖출 것 다 장만하고
발 쭉 뻗고 등 따숩게 살자
서로 애끼며
서로 이끌어주며
네가 먼저라며 양보하고
오순도순 잘 살자하셨던
님! 김도한 선생님!

바깥 생활 힘드셨는데도
조카딸 있어 잘 챙겨준다시며
자랑스런 말씀
꽃소식에 얹어 보내셨고
장대비 물방울에 실어서
풀풀 날아내리는 눈발에 얹어서
철 따라 구별될까
바깥 소식, 하나, 둘, 셋 번호 부쳐
담장 안으로 잘도 주셨던 님

김도한 선생님과 쌓은 사연

동지로서 후배로서 간병인으로서
단 둘이 함께 했었고
법이겠냐만
행형법시행령에도 없는
둘만의 배방, 6개월 동안
많은 가르침 받았습니다
정형시, 우리 선조들이 읊조린 시조
오백수 이상을 작시 암기하고
수시로 낭송소리 낭랑했어라

칠만석의 갑부 집안 종손으로
김병시 총리 영의정의 증손으로
안동김씨 집성촌 양주군에서
때는 일제의 식민정책이
우리 조선족의 입과 수족까지
길들이던 야만의 시대였으니
자라 의식화 되어가는 과정에서
선생님의 양식과 지략이 빛났으니
식구들과 이웃까지 의식화 민주화
여기 민주화는 사회주의로 이끄심이니

양자로 큰집에 입적, 사만석의 부자
낳고 키워주신 친가 삼만석
넉넉한 집안 도련님으로 자랐던 사람
인테리로서 보성전문대 졸업 후
일제의 관리로 식견 넓히셨고

1945년 일제의 멸망 그 어수선
남녘의 미군정하에서도 공무를 했고
단선 단정하에서도 중앙청 외자부 사무관
분담한 중에서도 지하당 사업
CIA의 마수는 체포 구금했고
1950년 집행유예로 석방
본격적인 통일운동에 나섰고
있는 재산은 당건설, 미군의 축출, 통일사업
다 바치었나니 그의 당성과 인민성 빛났도다
9.28 후퇴는 종로구당 동지들과 함께했고
미제와 싸움은 애국에 당성을 더했다
녹쓴 머리 일제 미제의 잔재
말끔이 씻어라, 1955년 인민경제대학에 입학
강철은 이렇게 단련되고 당은 부른다
1956년 로동당 통계부장의 일 인계하고
1957년 통일 일꾼으로 서울에 입성
곧 마곡사 총무로 일하다 1960년 잡혔고
무기형으로 징역살이 1987년 12월 출소
28년만에 고향을 보고 조카딸의 살림 받고
조카딸 그미는 가고 만남의 집에 잠깐, 이내
천주교요양원에서 심한 간섭과 감시 못견디시고
1996년 5월 13일 가셨으니 한이 맺히네
한생 보람도 많았고 나라 위해 이룸도 많았습니다
어머니당은 선생님의 이름과 걸어오신 길 기억합니다
고히 잠드소서

김선분 선생님을 추모하며

백지장도 맞들면 낫다

힘 뒀다 죽 쑤어 먹으려나
백지장도 맞들면 낫다지 않아
힘 좀 불끈 써요
힘 몰아 집중 한 과녁을 뚫어라
민주화도 통일도 내 마음의 분란도
무슨 일인들
왜 것들 처치도 그
어중이 떠중이도 그
양키의 미제도 그
똘만이 망나니도 다
해결 짓고 매듭 풀 수 있다니까

작고 볼 품 없다고
뚝심마저 없으란 법 없지
민족의 일인데 통일의 거산데
어찌 소홀히 하리오
어찌 늦출 수 있으리오
어찌 서둘지 않으리오
이렇게 지성으로 함께 한 일인데
이룩하리니, 꼭 매듭 풀고 화해하고
우리의 념원 완성하오리, 라고 했을

우리의 선생님. 김선분 동지시여!

조직 집단의 명령과 지시
통일 성업의 명제와 실천
담당 성원의 책임과 의무
어떤 것 하나 소홀히 하리오
막중한 임무에 충실하라시면서도
여유롭게 느긋하게 나긋나긋을 주문하신
우리의 선생님 김선분 동지시여!
1972년 오작교사건으로
생면부지 일면식 없었으나
이심전심 눈빛으로 알아내
서툴지라도 스스로 되잡지 않았다
밟은 것 잘못됐다 알아차리면
내가 다칠지라도 나에게 되돌렸다고
맵고 아리게 공과 사 분명하게
사시다 가신 만인의 스승이신
김선분 선생님이시여!

제7회 불교인권상 받으실제
언니 박정숙 선생과 함께 받으니
언니 때문에 언니와 함께 라며
'함께' 그 것이 더 좋다시며
환하게 미소짓던 모습 좋았습니다
2015년 제주도 나들이
좋아하신 모습을 속으로 감아 안으시고

언니 박정숙 선생과 함께 못한 것을
그런데 심려가 깊으셨던가
젊은 강인옥 동지 붙들고
"이러면 안되는데, 이러면 안되지"
하시며 미안을 고조시키셨지요

깨끗하게
난초의 향
풀풀 품기시며
사러리랏다 통일조국에
미안도 원망도 미움까지도
버리고 사러리랏다. 내 조국에

편히 쉬소서, 다시 뵈올 때까지

불굴의 혁명투사 김용성 동지를 추모하며

종말의 미덕

조국의 부름받고
재령여자사범학교 교사 임무정리
평양에서 1957년 7월까지 계시다
서울에 입성, 1957년 8월 3일
보고팠던 이, 알고팠던 사람들
만나 뵙고 사연드리며 사귐있었어라

고향은 경기도 여주
합법공간에 경상북도 문경에서 사업하다
9.28 전술적 후퇴 압록강 넘어 중국땅까지
주린 배 허리 펴라
조국이 어려운데, 일심단결 복구 재건타
타개한 고난 끝에 완성의 기쁨
정돈된 생활전선 후배 양성에 선두에서
이어 동강난 조국 하나로 치유키 위해
푸르름 한가슴 안고
통일 일꾼되었도다
아! 감미로운 나의 임무 나의 책무
한 때 황해도 평천인민학교 시절
학생들과 교사들 학부모님과 사귐 있어
평화통일사업에 후한 재산이었나니

통일사업의 세력확장 경향이 한 줄기 한 열매
어머니당의 가르침 따라 일취월장
이러다 1962년 9월 잡힌 몸 되니
허허롭다 막막해라 와신상담
서울의 구치소 육군중앙군재에서
간첩미수로 15년 언도
대전으로 이감
1968년 4월 대전에 수감된 정치범을
광주 대구 전주 목포로 분산시킬 때
광주로 삼엄한 경비뚫고 이감 갔어라
공화국 특정부대의 제1목표라고
그 후 전향공작은 우심했고
1971년 6월 만기인데도 출소는 없다
죄도 없고 재판도 없이
청주감호소에 재수감
법도 없는 나라가 나라이더냐
전두환 군사정권하의 감옥의 처우
운동도 없다 사적도 없다
면회도 없다 인권도 없다고 선언
이 야수와 악마 같은 작자들
김용성 동지는 분기탱천하여
"우리는 죄인이 아니다
 정당한 대우를 하라
 사회안전법을 폐지하라
 보안감호제도를 철폐하라
 환자는 환자답게 처우하라"를 걸고

단식투쟁에 돌입, 때는 1980년 7월 11일
악랄한 소장, 보안과장, 보안계장들의
행위는 목불인견, 고문틀을 만들어 놓고
우유에 버무린 왕소금을
위장에 호수로 쑤셔 넣는다
위장은 천공되고 헉헉하고 고개 떨구니
그 게 마지막
상부에 보고는 '심장마비'
살인마 이정문 소장 오기수 보안과장
이들을 징치하라! 징치하라!

이렇게 가신 김용성 동지!
그대는 조국의 부름에 충실했도다
전사로 투사로 혁명가로 싸우시다 가신 님
불굴의 신념 조국은 기억하리
그대의 이름과 싸워 이긴 역사를
고이 잠드시라

최남규 선생님을 추모하며

백두옹을 그리며

뜻대로 되지 않더라
왜 것들이 그렇고
양키들이 그러하며
형제보다 더 가까웠던 의형제가 그렇더라
세태가 그러하고
정세가 그래설까
무섭더라 그 돈은 성깔머리

일신의 안일을 접어두고
평온이 감돌 집안 일을 뒤로 미룬 채
대학 지리학교수직을
잠깐 아껴둔 채
떠나 온 고향 다달은 서울거리
찬바람 씽씽대고 감겨든 쇠고랑
동족에 베푸는 인정머리 아니더라
조국의 이방지대 형무소살이 15년

감옥에서 동지애를 배웠고
따뜻한 동지애에 목이 메였다
각기병으로 수종다리 됐을 때
가다밥 절반 뚝 잘라주며

운동장 파란 잎 파란 싹
깨끗이 씻어 몰래주며
콩 한쪽도 나누어 먹는 빨치산 전통이라며
그 배려 눈물 겨웠나니

참모총장 국회의장 외국주재대사
뻔적뻔적 빛나는 화려한 권좌에 좌중한
그래도 동북 영신중학교 적 의형제라고
일말의 정을 바랬으리까만
정은 내리흐름인가
그에게 루가 될까 봐
거리를 두어라 모른 척 해라
그의 참모들 가끔 씩 찾아
행여 진실을 말할까 봐 쉬쉬하는 모습이라니

점잖하심, 과묵하심, 배려심, 깊으시어
내가 당하고 말지 해를 줄 수야
이렇게 징역 15년
나와서 첫 한마디
"일권아! 동포를 해치지 마라"
동북의 영신중학교 조선족의 사귐을,..

조국사랑, 통일 사업에 투신하신
최남규 동지시여!
동지의 다함없으신 조국사랑은
후대들의 지표가 되었습니다.

1975년 비전향으로 재수감 청주간호소
해가 더할수록 전향공작은 악랄해지고
처우는 열악해지는데, 단식투쟁뿐이다
동지의 투쟁은 감동이었나니
강제급식으로 죽어나가는 동지를 보며
"나도 죽여다오"
외치며 발굴려 싸우셨던 최남규 동지

악법, 보안감호법이 철폐되니
감호 15년, 출소, 갈 데가 없다
부산으로 서울로, 전전 결국 낙성대
그 때가 1994년, 동지들과 함께
따스한 정 동지애로 살아나고
아들 명철, 딸 순희, 순정, 순복의 이름 뇌이며
어머니당 지극한 사랑누리거니시며
가신 님! 최남규 동지시여!
신념의 강자이신 최남규 동지여!
때가 왔을 때 깨우리다, 그때 일어나요
환호하며 맞아요

강담 선생님을 추모하며

그리는 마음

세월이 간대도 잊혀지질 않아
애국의 길 혁명의 길 일러주며
이승에서 인연 따라 맺은 사람들
어찌 잊으랴, 잡은 손 뿌리칠 수 있으랴
피워 올린 사랑의 맺음도
뿌려 심은 통일의 씨앗들도
한분 한분 이름을 불러봅니다
그리운 사람들 얼굴그리며

멋과 맛 고저장단에 맞게
우리의 가락 우리의 춤사위
접었다 펼치시는 몸에 율동, 그 노래

함경도 사나이 애국혼 다독이며
강도 일제미제의 침략을 짓부시고
단군겨레의 강인성 용맹성 떨칠지니
분단겨레 하나로 갈라진 조국강토도
통일조국 없이 겨레의 평화도 없다
하나 뿐인 이 목숨 바쳐
하나 뿐인 조국 수호하리라, 고
일떠서셨던 강 담 선생님!

조선해군의 특무상사, 강 담!
최고사령관의 명령 받들어 징치하노니
너 쪽바리, 너 양키 듣거라
우리 단군겨레 태양민족 찬란한 문화
오천년을 함께 살펴 누려온 배달민족
어찌 너희들이 조국을 분단하랴
백의민족의 전통, 평화와 사랑으로
세계 인민의 선두에서 자주를
평화 애호민의 선두에서 평등을
주권 존중의 선두에서 자강을
권면하노니 듣거라! 만방이여!

남녘 조국에서 징역도 생활이더라
남녘 사회생활도 예술이 되고 문화도 되더라
외세만 없다면 자주적으로 산다면
남북이 화합 통일도 되고
세계의 지도적 국가로 우뚝 서게 되리니
오늘의 내 조국 막강한 방위력
무서울 것 없다, 그 어느 나라도
제국주의 열강 무엇이 두려우랴
내 뿜는 CO_2 줄여 온난화 막아내고
오대양 오염된 바다 청결히 하면
조선겨레 태양민족의 지혜러니
자랑이어라, 세계의 평화
앞당겨질 세계 평화질서 오! 오리라
다시 이르노니, 쪽바리 양키들아!

ICBM, EMP탄 자랑마라
평화 평등 민족자결 호혜평등을
무기들었던 손과 머리로 선도하라, 고
외치였을 강 담 선생님!
이제 다소곤 옷깃 여미시고
산사의 고요 목탁과 인경 울림으로
선생님들의 하루의 시작으로 떨쳐내시고
북남간 인연의 줄 튼실히 하시어
이 땅에 평화통일되시도록 기원하소서
당신의 모든 이들 함께 합니다
그리운 마음으로

풍운아 작은거인

로동자가 하나의 계급이라는
그 근본 뜻을 알기까지
신발창이 닳도록 뛰며 일했어라

학교정규수업은 초등학교 때
딱 일 년 뿐
동맹을 굳건히 맺고
나쁜 일본인 선생
거부투쟁하고 퇴학 당할 때까지
일 년간 학교공부 했을 뿐

겹치는 흉년의 고픔
보리고개 넘어야 생명부지 살아남아라
고픔과 엄동도 향학열을 식히지못했다
배워야 이긴다 이겨야 독립한다, 를
주문 외우듯, 나라의 주권 찾는 것과
배움이 생활의 중심으로 삼고
이웃과 품앗이 일꾼으로 바쁘게 살았다

청소년 시절
로동으로 단련된 로동계급의 신심 높이

1945년 해방정국 어수선한 세태
민주청년동맹은 부른다 갈 길 찾았다
평등사회의 구현은 아래로부터
바닥이 닦이고 질서가 잡히니
순풍에 돛단배듯
몽양 여운형의 건준과 함께
활기차고 희망 크게 잘 나갔는데
1945년 9월 8일
점령군 입성의 호령은 포고령
점령군의 지시와 명령에 복종하라!
어길 때는 사형까지라는 으름장
일장기 꽂힌 자리 성조기가 나부끼고
친일반동들을 끌어내 쓰는구나
건국준비위원회, 민주청년동맹도 불법
단속이 엄하니 지하로
애국지사 차례로 암살, 구속하고
형식에 맞게 독립국 선포
상쟁하라 6.25마저 일으킨 미제

싸워야 한다
분단의 원흉과 싸워 이겨야 한다
조국은 하나다
외세를 몰아내고
단군민족의 하나됨으로 이루려다
9.28후퇴 가로 막힌 전선
지리산 빨치산되어

투쟁도 학습도 열성 다해 싸웠나니

하나의 과정이러니
1952년 잡혔고 15년 언도 감옥시작
1960년 4.19 혁명으로 높여진 민주
잔여형 1/3로 감형, 대전감옥에 유폐
1964년 만기출소, 서울에 자리잡아라
살다보면 험한 일도 뒤따르는 건가
1973년 놈들의 가선에 걸려 3년 감옥
내보내니 나간다 징그러운 징역
퇴색된 푸르름 안고 살아라
슬하에 알토란 같은 2녀 2남 두셨나니
순철, 순석, 순진 순만을 기억하소서

라경운 선생님이시어!
거듭되는 옥살이 받아 이겨내셨고
민주혁명의 끌끌한 대를 이으셨으니
선생님의 홍복이십니다
청주감호소에 수감되셨다가 출소하시니
풍운아십니다 투사십니다
선생님의 로고를 길이 새기렵니다
선생님! 융성발전하는 조국과 함께
영생하소서

맹기남 선생님을 추모하며

왜 더디 오나요

큰 눈을 빛 담아 쏘아볼까
강심장일지라도
주춤 눈 아래로 깐다
순하게 보다가도 수가 틀리면
나도 모르게 형광이 쏟아지나 봐

배고픔 무엇에 비하리오
큰 체구 끌고 다니기 에너지는 얼마일고
뼈골이 앞으로 쏠리면
참느라 애버둥 치고
깡보리밥 실컷 먹어 볼 수 없을까
들어 줄 이 없는데
맹기남만 허기지고 가슴앓이
한 두달이랴 몇 십년 거듭
이렇게 사느니 고기값이라도 할까
아서요, 조국이, 어머니당이 슬퍼요

건중건중 걸음걸이 내 성정
큰 키 큰 활보는 내 이력
눈 빛 담아 치떠 봄은 내 기계공이어서
순수 로동자 기계공의 솜씨

12mm 턴인반 매끄럽게 돌리고
오늘도 운전할래 북.남 통일의 한 길에서
조국의 이방지대라지만 이곳부터
거리를 좁히고 간수 또한 없이
배고픔 먼저 평등 턴인반 돌려라
재소자라 인격이 없을까
명령, 지시에 조건없이 복종
론의 협의 없이 일방통행의 것
아픈 이 치료해주고
일하고픈 사람 일자리 주는
살만한 곳으로 전변시킬 구상
민주를 앞세우지 않아도
자치를 전제하지 않아도 될
우리만의 공동체 만들어 보여야지
그 많은 식견
그 많은 도량
비상시국에 써야 빛이 나는 법인데
출소하셔서도 늘상 처지듯 사셨으니
함께하신 분들이 걱정을 하셨겠지요

초급당위원장, 당사업하셨다
손발 결박되고 밥 배식 중지라
구로독방, 고독 적막 즐기라고
빛 없는 징벌방 고약한 냄새까지
그게 다 아니였지요
배식을 허용, 개밥 먹으라

수정 뒤로 찬 채
사람의 짓 아니지
차라리 죽여라, 인두겁을 쓴 악마들아
그러한 삶 사셨을
맹기남 선생님!
형무소 살이 험난 많으셨어요
사회생활 또한 고생하셨어요
가족과 어머니당은 기억하리라
험난했던 님의 어젯 날들을

박정숙 선생님을 추모하며

소원이 통일

매 순간마다
역사의 굴곡이 질 때마다
거듭거듭 컸노라 의식도 사상도

댕기머리에 꽃댕기 매고
오쟁이놀이 그네뛰기 그 우에 배우느라
재미있어 깔깔대던
양양의 어린 시절 꿈 많던 때

그 많던 꿈 다 빼앗기고
연초록 부푼 내일마저 저당 잡혀야 했던
일제의 만행 어찌 그냥 보랴
언니와 형부 가르침 따라
일떠 외치며 실천했어라 싸웠노라

맞는 8.15 새천지 열렸나 했는데
성조기로 일장기 싸워 가린 자리
점령군의 포고령 날이 섰고
서북청년단 앞세우니 기가 차더라
일제보다 무서운 미제의 계엄통치
해방공간 발디딜 데 없어 서성이니

구금 고문으로 삭신은 터졌다
1950년 온 식구 평양으로!
아버지만 남으셨고 할 일 많으셨을
북남간의 로털들의 정치행각이여!
이게 아니다
분열은 안된다
신선한 젊은 일꾼 젊은 기상으로
조선은 통일을 안아와야 한다
이렇게 싸우시다 1952년 남쪽 사업하시다
국방경비법으로 10년 복역 출소
최백근사건으로 6개월 더 살고
1975년 '오작교'로 김선분 동지 알았어라
혈육보다 더 진한 혁명동지 김선분 아우여!
통일로정에서 김선분 동지는 보배였다, 평생을,.
2001년 김선분동지와 함께 탄
제7회 불교인권상을
어머니당에 바쳤을 때 환희로웠다

광풍같이 몰아 친 탄압속에서도 인자하신 모습
끝끝내 잃지 않으시고 범민련을 지켜내신 어머님!
소원이 무엇인가 물으면 지체없이
"통일!"이라 눈빛 살아나신다
생기 되살아 잡수신 것도 좋아지신다

103세 박 정 숙 선생님!
한생 조국 통일 이루시려

동지들 건강 챙기시려
조직의 와해 앞장서 막아내시려
강직, 무구, 화평, 인자하셨으니
만인의 누님, 어머니, 할머니셨습니다
한생 동지요 아우이시였던
김선분 선생을 잊지못하시어
어델 갔어, 왜 이리 오랜거야
내일 올래나, 하셨던
딸보다 더 귀히 여기셨던 박윤경
어찌 잊히리까, 조국통일의 투쟁과정에서
맺어진 인연 그 매듭 더 실하게
전형적인 조직가, 라 불리우신 님
다시 찾아 깨우는 그날까지
고히 잠드시라

박종린 선생님의 령전에

쉼없이 끊임없이

그리는 마음 부풀릴 때마다
와 닿는 얼굴들
아빠! 오! 나의 딸 옥희냐
여보! 당신이구려, 로 인 숙

그리움은 켜켜이 쌓이고 발길은 막히누나
항상 안기고픈 어머니당 포근한 품
어찌 잊으리 어찌 그립지 않으리
만사 제쳐두고 오늘은 간다, 갈거다
이렇게 매일 거듭하셨을
박 종 린 선생님

남녘의 조국에서
뛰는 풍상 얼만데, 당한 수모는
그래도 보람은 남았다며 돌아 본 어젯날
한 분 한 분 자애로운 얼굴들 고마움 솟고
간난의 어려움도 이겨내게 하셨네
원망도 투정도 다 살아지게 했어라

낳고 자란 만주벌 길림 훈춘의 거리
배움주신 평양의 만경대유자녀학원

조국의 부름 제복의 병영생활
배우고 익힌 것이 기술인가 지식인가
펼치고 전수하라 조국통일을 위해
명령 따라 밟은 남녘 조국에서
뇌옥의 34년 아끼고 잃은 청춘
대구 감옥 '붉은 별' 가형은 무기징역
쌍무기 안고지고 인고의 서러움 달래라
출소, 보증을 목사님이 서셨나
이게 사달일 줄이야
2000년 9월 2일 비전향장기수 떠나던 그 때
그 대열 끼지 못하고 낙오자라
평양의 아내 로 인 숙 사랑을 그리다
병 얻어 먼저 갔다
어이 이다지 목메게 하는가
2차 송환은 21년째 맴돌 뿐
서울 청와대에서 잠자고, 갔네 평양에
먼 발치 또렷한 옥희의 모습 옆은 사위?
그냥 딸 따라 사위 손잡고 가면 될 것을
그럴 수는 없다
서울의 동지 친지 핍박을 어이하리
돌아 온 서울바닥 한냉이 깔리고
얻은 병마 남은 생 함께 했어라

어떤 우방도 민족보다 우선일 순 없다, 신
김영삼 대통령, 이인모 선생 가족의 품으로
선한 일은 작아도 하늘은 아신다, 던

노무현 대통령, 작고한 정순택 선생도 보내주셨네
김정일 국방위원장 김대중 대통령 두 분의 위훈이신
6.15 통일 장정 실천하라신다. 민족의 이름으로
하물며 민족의 한을 풀어주는 조국통일임이랴
외세가 갈라놓은 민족과 조국
모든 것 제쳐두고 통일 먼저 하라신다
평화 평등은 통일에 이어 자연스레 오는 것
자유도 행복도 통일 없으면 누릴 수 없는 것
몽매간에 바라시던 통일 보시지 못한 채
가시고 말았습니다. 박 종 린 동지시여!

여기 조카내외, 조카딸, 슬픔을 안고
경향에서 조문오신 친지분들과 동지들
혈육보다 애통해하는 모습 보이시나요
훨훨 조국산천 날아 금수강산 조망하시고
쉼없이 통일의 씨앗 흩뿌리소서
싹터 통일의 열매 거두는 그 날 다시 만나요

손경수 선생님을 추모하며

바늘간 데 실 간다

충청도 사람 느리다고
말씨나 행동도 느려터졌다고?
말은 느릴지 모르지만 동작은 아니요 ~

그렇습니다. 얼마나 민첩하다고
늦게 시집장가들어 얻은 무남독녀
엄마 오영애 여사. 애 멀리가다. 아차!
손가락이 치마살에 걸려 놓쳤어라
무남독녀 여식 아기를 방바닥에 내쳤다
엎드려 두손에 받쳐진 아이, 손경수의 민첩
부부로 맺어진 오영애 손경수
32세의 신부 40세의 신랑사이
애지중지 잘 큰 딸 있어 행복이더라
나의 민첩을 알아주어야 할 거고만...
부부간의 사랑 여기서 샘 솟고
동지간의 사랑도 생활에서 일어남을

손경수 선생님이시여!
군당성원 이끄시고
입산투쟁하실 때
조직성원들의 교육과 선전선동

책임지시고 담당하신 가르침도
애기 보는 것보다 수월했다시던
그렇게 박식하셨고
넓게 펼치셨던 님 손경수 선생님
일찍이 중학교적 동맹휴학으로
형무소 구메밥으로 단련하셨으니
보급투쟁 서툴고 더뎠을 지라도
동지간의 우애 손상이 있었으리오

9.28 후퇴가
조국사랑을 더 북돋았고
동지애를 실천으로 배워 알았다시던
그러기에 빨치산동지 오영애님
소중해라, 어머니당이 정해주신 배필
그렇습니다. 오영애 동지시여! 사랑합니다

고신간난의 빨치산 생활
그래도 생산적이었다
사상적인 성장을 다졌다
15년 영어의 몸 풀고
낯선 사회 겁준 인심, 하지만
살아야 한다 보습 날 세우고 갈아라
씨뿌리고 가꾸어라
이게 농사고 이게 영농이러니
줄기차게 밀고 힘돋게 하느니
일제 미제의 준동을 잠재우게 할

조국의 힘 핵무장이 있고
ICBM까지 핵탄두의 소형화 규격화
힘을 실어준다, 평화를 담보한다
힘차게 살아다오 기 죽지말고
조국은 평화적으로 통일되리니
외세의 간섭없이 우리의 힘으로
오영애 동지!
무남독녀 나의 딸이여!
나의 외손들이여!
다시 환호하며 만날 날 기약하리니
그때는 그대들이 날 깨워다오
오! 감격의 그 날, 실이 간다

송세영 선생님을 추모하며

준비된 자세로

손바닥에 뜸을 뜨소
아침에 두 대 쑥뜸
저녁에 두 대 소금 바탕 쑥뜸
속이 뜨뜻 발도 따뜻
밥맛 좋고 기력 좋아지느니

손가방 어깨 가로 메시고
가방속엔 만물상
뜸쑥에 호침 몇 쌈
공부를 늦추랴 책 두어 권
비상약에 사탕 몇 알
접히는 짧막한 우산에 우장이 있고
이렇게 준비된 사람

준비된 일꾼 송세영 선생님!
호려서 그럴까 180cm 의 키
더 커보이고 더 높아보이는
충청도 사나이 시대의 머슴
기억력 좋으시기로 추종을 불허
충남유격대에 관한 한
살아있는 사전

ㄴ 총기 ㄴ 치밀성 ㄴ 기억력
폭 넓게 새로운 세대와 사귐
다정다감에 젊은 이들 좋아라 하고
철학이 밑받침 돼야 정의로운
인생관 세계관 된다시며
면학을 권면하시던

사모님을 맞으시고
생활인이 되셨으니
생산과 직결되는 로동이 없을까
세상은 각박하다 꺼끄럽다
지출의 항목은 모아지는데
봄날 보내놓고 심은 것 없어
거두어 드릴 가슬이 있을까만
허술이 보내지 않았다

서울의 삶의 영위
나이 탓으로 가림할거나
동지가 이웃에 있고
아내의 알음알음 아름다워
지는 해 돋는 달 보고 보내는
보람도 있음이랴
통일광장, 어젯 날, 맞는 오늘 날
그렁저렁 올곧게 사는 모습에
박수도 받아 안으리 했으리니
동지들 얼굴 보는 것만으로

북반부 인민정권 창달의 모습
세계가 경이로워하고
평화애호민의 찬탄 받으시는
그래서 보람도, 살 맛도 있음에
오늘을 산다시던 송세영 선생님!
송세영 선생님! 이승 떠난 선생님!
그리는 마음 다시 안고 찾아 오리다
어머니당과 영원히 함께 하심을,.

안희숙 선생님을 추모하며

없는 서러움 곱씹으며

가난의 죄
없이 살아도
겻불은 안 쬔다
굶어 죽을지라도
담을 넘으랴

봉천동 하늘아래 첫동네
너도 나도 다 가난쟁이들
서로 부대끼며 나누는 정
정 붙이고 살맛 돋우며
그렇게 사는 것 장부랴만
세태가 놔주질 않아 가난은 그대로
보통사람의 허파 1/3 뿐인
숨 헐떡이며 봉천동 날망 오르는
시지프스의 일상인 것을
눈 내리고 미끄럼으로 엉덩이 썰매
비내리고 질퍽이는 골목길 장화도 없이
청빈낙도(淸貧樂道)라 위로 받을까

그래도 산유격대시절
젊어서 좋아라, 배워서 좋아라

한 톨의 콩 나누고
겉보리 찧어 죽쑤던
그 유격대 시절 아름다웠어라
배움의 고픔 그 허기
변증법적유물론으로 불리고
로동운동사가 활동을 추동했던
그 젊은 한 때
가난도 없었어라 비껴갔어라

힘 부쳐 로동도 잠깐
옛동지 권하는 한잔 술
그리도 달던 맛 세상이 달라져
정신 바짝 가다듬어라
프로레타리아의 순수성 잊을라
알콜은 생활을 혼란으로 이끄는 것
그렇게도 경계했음이랴

반듯한 집 한 칸없이
보송보송한 길 걸을 새 없이
맑은 공기 호흡하길 바랬었건만
산이 멀고 바다 또한 멀어라
뉘 있어 이 가난을 알랴
가난은 나라님도 못구한다지만
조반석죽도 어렵거늘
공맹(孔孟)이 되라고, 청빈의 즐거움이라는,.

신념의 강자이신 안희숙 동지!
젊은이들에게 학생들에게 가까이
젊음을 나누고 배움을 같이 하려하심은
성정이 곧으시고 푸르셨었던 마음
지난 날의 이론이 다 고루하랴만
과학적 토대위에 새롭게 정립된
현대적 이론 다 진실 진리는 아닐터
토론을 하고 재정립하고 싶다
가난은 지적양식의 결핍이러니
강단의 리론
현실 생산의 현장 그 괴리의 해결
4차원의 세계 어둠과 밝음
운무 자욱이 낀 앞길
헤쳐 밝히고 싶었다

불굴의 애국 신념의 강자 안희숙 동지!
뵐 때마다 지적공복을 말씀하셨죠
정치경제학을 현대과학과 접목
민생경제생활을 향상시켜야 된다시며
그렇습니다. 그렇게 하고 있습니다
지적 가난이 눈을 뜰 때 보리니
찬란한 인민경제의 부강이 이룩되고 있음을
손잡고 담소하던, 잊지마세요 낙성대집을
없는 서러움 버리셔도 그리고 기뻐하세요
기뻐하심 안고 포만감 드리오리다

운수납자

흘러 나도 따라 흘러
조선 팔도 수려강산 곳곳을 찾아
물과 구름 흐름에 따라
운수납자(雲水納者) 되셨다던

나도 기본계급 선진적 로동자
대중을 선도할 자각분자
대자적 인식의 실천자, 라고
의기출중하셨던 혁명가

왕영안 선생님이시여!
서럽도록 외로우셨던
위암 앓던 재소자 시절
외로움을 달래줄 이 찾아라
서울의 민가협 어머님들
양심수후원회 여러 회원들
늦게 알았노라 고난과 함께
작용이 있기에 반작용이 있는 법
독거방(獨居房)동지들 함께 했기에
홍삼이, 상황버섯이, 율무쌀이, 마늘이
이 많은 민간약 중에 석청이 으뜸

강원도 정선 바위틈에 집을 짓고
벌들은 역사(役事)하여 꿀을 주었느니
김성 선생의 모친께서
손수 갖다주신 석청꿀
한 체를 세 번에 나누어 먹었겠다
가래침을 토하고 피를 쏟아라
빈혈로 기진맥진
의무과장이 달려오고
소장도 헐레벌떡
삼일 후부터 정신을 차리고
이불 걷어 거동하니 신기해라
석청꿀의 효능이여!
당국은 토해낸 피 거품까지 2리터, 놀람!
부랴부랴 병보석 전에 대전의 병원 소견
결국 가석방 병보석으로 나가시다
율무죽 그렇게 싫어하시다
쌀밥 드시니 좋으시던가요
혁명적 로동자 왕영안 선생님
바깥세상 나가셔서 동지들의 성원
자동차정비사 일급소지자 왕영안 선생
뚝딱하면 부르릉 시동이 걸리고
내렸다 얹으면 내달릴 자동차

멋지게 참되게 어머니당이 바라시는
그런 삶을 바라셨건만
푸르른 산 맑은 물 그대론데

좋아졌다 재발인가, 그냥 가셨으니
왕영안 선생님!
해마다 선생님의 유택 찾아
조상드리는 그 여인은 누구시옵니까
고맙고 감격스런 일입니다
선생님, 경기도 어드메가 고향이신지
찾아주신 여인을 찾아 인사드릴 수 있을지

휘적휘적 달따라
졸졸이는 물따라
좋으신 님의 기술을 미처 전하지 못하고
그냥 이대로 헤여져야 합니까
훗날 기약하기로 해요
조국이 통일되고 평화 충만하게 될 때
그 때 부활하소서
미안을 접습니다.

늦깍이로 나마,..

역사의 소용돌이
이 또한 사람이 저지르고
화입어 참혹 겪음도 사람의 짓
불쌍이 여길 신의 존재는 없는 것
스스로 소용돌이 헤쳐 나와
대견스런 어제였노라
자찬함도 주체인 인간, 사람이니까

숱한 고비 헤쳐 넘을 때마다
이대로는 안된다
분열책동 단선에 단독정부 세우려는
미제와 앞잡이들 이들과 싸움 있어
예치시킬데 없는 목숨하나 걸고
결연히 조국해방전선에 나섰다
그 이름 서순정

일제를 미워했던 그 때
미제가 대신할 줄이야
일제보다 악독한 양키미제
4.3을 일으켜
무자비한 학살만행

여수의 14연대 의로운 의거
내 민족에게 총을 겨눌 수 없다
빌미로 그냥 스치고 지나칠까
여기 무고한 시민에게 학살이 자행되니
당신 서순정의 애민애국의 기상이 발동
깃발 높이 들고 봉기군 영접했노라시던
서순정 선생님!
당신께서는 9.28 후퇴시기
모후산으로 입산 빨치산되시니
당의 행정을 차질없이 하시고
도당학교에 입학
철학과 정치경제학을 더하여
사적유물론을 섭렵하셨고
20세기의 정세변화를 시기에 맞게
해방 전후 나라의 변화될 모습까지
익히셨던 서순정 선생님이시여

산속에서만 생활일 순 없는 법
미제와 대결
이 대결을 승리에로 이끌지니
결의다지고 용맹 더했겠다
조계산유격대 부대장으로
조국과 인민의 명운 지켜내시려
분투 그 치열한 투쟁하시다
중과부적인가, 1954년 3월은
다시 동결되는 날, 치욕의 날이어라

빨치산의 용맹 여기서 끝맺는가
뒤치다보니 사형에서 무기징역
사람이 사는 꼴이랴
짐승도 이 아닌데
4.19 감형에 출소하고 살다보니
치욕은 주렁주렁, 그 중에 세자녀 올곧아라
2000년 9월 2일
신념의 고향 가겠구나 했는데
식구의 만류 떨칠 길 몰라라, 아!
이렇게 살다 가는 나를
불쌍히 여기지 마시게나 하며 가신 님
통일되는 날에 불러 깨우리라
서순정 동지시여!
영면하소서

해바라기 되어

나는 해바라기 향일성 식물
어둠에 익숙하지 않아 싫어
새는 아침
동녘에 해뜨면
좋아라 고개 돌리고
햇볕 뿌려대는 해가 되고파
해를 쫓다 해를 잃네
바보라지만
또 찾을 수 있다는 희망

우리 민족에게
압박과 서러움을 주는
철천지 한을 품고 살게 하는
민족을 가르고 강토를 분절하는
몹쓸 족속 있나니
이름하여 미제국주의자

인류애를 폭발시켜라
제국주의 자들을 부끄럽게
내딛는 발걸음 주춤이고
스스로 뒤돌아 볼 수 있게

세계평화애호민 앞에 무릎 꿇고
뉘우쳐 용서를 빌 수 있도록
그렇게 되리니 역사의 명령이다

잠깐의 부모 만남이
켈로의 잠수 침투
3년 육군의 보초근무
27년간의 징역살이
얄궂은 인생역정
경찰관이던 형은 왜 자결했나
양심고백하고 광명을 찾아야 했는데

그렇습니다
형제간의 우애 그리 돈독하고
외로움에 젖을세라 항시 염려 주신 형
그렇게 가고팠던
그렇게 보고팠던 부모와 고향
다 잊으시고 다 묻으시라
동생과 형님 의 좋게 지냈던 것만으로
조국의 품에 안겼던 것만으로
살아온 길 괜찮았다 여기시라, 했을

유병호 선생님!
당신의 결단 장하십니다
당신의 결의 의롭습니다
인천부터 흑산도 경유 잠수함 3일

청진에서 원산 경유 평양에 닿기까지
근대 3년 징역 27년 그리고
도자기그림 13년 결혼생활 11년
오랫동안 밤낮 비가 온대도
해를 그리고 해를 좇았나니
오! 햇님이여! 태양이여!
이렇게 살다가신 유병호 선생님!
만났던 때때마다 그리움 피웠어라
유택 평온하소서

파란만장한 삶

물 건너면
산이 막아 오르게 하고
산 오르면 거듭 첩첩 산 산중
어둠 막막한데 비추누나 저 햇살
햇살 얼굴에 받아라 달려온 날들

어렸을 적
물정 몰라 덤벙대며
조선을 뒤로 중국땅 전전할 때
작은 나라 작아서 그렇다 치자
큰나라는 큰데 왜 힘이 없을까
나라없는 백성 서러움에 지쳐
깨닳고 보니 제국주의 열강의 만행
눈이 떠지고 귀도 밝아 지더라, 시던

문상봉 선생님이시여!
중국의 팔로군으로 일제 물리치고 싸운
그 전통 이어받아 국공내전에서
166사단의 전사로서 혁혁한 전공을
1948년 화북지구대회전에 참가
빛나는 전투 승리자로 섰었던

문상봉 선생님이시여!
일제의 징병 강제 초모에 걸려 잡혔던
그 엄혹한 시기
죽기로 각오, 탈출에 성공했던
그 기백 살아서 물리친 일제와 국민당
이어 조선인민군으로 정찰병되어
1950년 조국전쟁시
분단은 없애야 한다
단정도 없애야 한다
미제와 싸워 이겨야 한다
민족 앞에 군인된 문상봉 앞에
구국의 전사로 서게 하셨다
동부전선, 강원도 고성. 경북 영덕 영일 포항까지
통일이 되는가, 부족한 힘인가, 한으로 남아
1958년 진군의 길 달리하여
사랑하는 아내 장영복님 딸 정애 정옥을 두고
남녘땅 수놓다가 되잡아 채다가
1960년 7월 경북 영일만에서 잡힌 몸
서울 대전 전주 형무소를 전전타
1987년 4월에 형집행정지로 출소
나와보니 막막하고
전주의 '미선꽃집'이
삶의 터전이 되고
어데서 돌출했나 뜸금없이 만난 동생
이 동생의 정체, 믿을 수 없었다
내 혈육이 저럴 수 있나 한탄했어라

인민의 나라 건설하자가 상정인데
하느님 나라가 돼야한다는 궤변
바른 길 찾아 제발로 걷기를 바라며
내 몸 늙어 힘 없음을 미안으로
낙성대 만남의 집
고마움 피어 올려라 은혜로움으로
동지들 함께 가야 할 신념의 고향
약속을 못지키게 됐다며
이렇게 한으로 남을 과제를 두고
2013년 2월 15일 운명하시다
기억하리다. 문상봉 선생님이시여!
그대의 이름과 걸어온 길을,.

불굴의 애국혼

얼마나 참아야 합니까
하루가 아닙니다
혼자가 아닙니다
여럿이어도 언제나 혼자
가혹하다 말하리까
들 떠 법도 없다고 말하리까
악마 중 악마는 치외법권
당하다 겹쳐 당하다
끝내 산화하고야 말 종말
단말마, 이 복마전 악귀 날뛰는
사람은 어데 갔나 살인의 현장

죽음을 앞에 두고
환히 다가서 온 환희로움
그대를 위해 그대 보고 싶어
몇 날을 몇 해를 몇 성상 바뀌며
빛나는 얼굴 보고싶고
넓은 가슴에 안기고 싶어
울어새고 웃으며 맞아야지
뵙고 우러러 보려면
첫째도 둘째도 건강

학습. 따라 배우며 익히며
조여오는 고문학대 맞받으며
오늘도 살았다 내일을 못 당하리까
26년 긴 세월
악몽도 사라지고
아픔도 사라지고
그리도 보고팠던 님의 품에
꿈 이루어 아름으로 안고
님의 품에 안기리다

오! 불굴의 애국투사
신념의 강자이신 손윤규 동지!

그렇게 싸우시다 싸움의 현장에서
동지 한분 배웅받지 못하신 채
외롭게 가셨습니다
미안을 지울 수 없게 해놓고
가족들은 어떻게 하라고
동지들은 죄송해 어떻게 하라고
과제만 남겨 놓으시고

동지를 죽음으로 내 몬 그 소장
긍휼히 여기소서, 그의 소관이리까
그 또한 조종간 놓지 않는 미제러니
미제의 허수아비 노릇 그 조종받은
대부분의 관료 그 앞잡이들을

불쌍이 여기소서 정신들게 하소서

함께 옥살이 했던 기간
숱한 애당애국의 지사, 열사 많았습니다
손윤규 동지! 동지의 이력 아는 것만으로도
함께 조상 추모합니다
영광스러운 날 뵙기로 해요

밝히신 횃불

일본 땅 일본사람들
부대끼며 살다 뒤돌아보니
잔뼈 굵어있고 문학에 눈떠
그릇된 조국의 향가 바로잡아지고
왜 것들의 멋대로 풀어 해석함도
민족의 양심이 허락하질 않아
단군겨레의 기상 드높여라
민족의 문화 민족혼 되살려 떨쳐라
기살려 살아라 옛 것 빛내며
신라, 백제, 고구려 적 향가뿐이랴
가사와 시조 이 또한 조상의 빛난 얼
아름다운 우리네 전통문화러니
고사기(고시끼) 일본서기(리혼쇼끼)를
우상이 무서워 받들 듯 치올리는 짓
일본의 문화, 조선과 중국의 아류
사관을 바꿔놓고
문화의 민족성을 지워 없애려는
지배자들의 못된 정책에 물들어
꼴 사납게 문화침탈 짓거리 없애야 한다

일본생활 정리

조선땅 들어서니
서슬 퍼런 압잡이 관료들
이들 과의 등살
문필의 힘 곧 신현칠의 의기인데
필봉을 꺾을 수 없다
신념을 저버릴 수 없다
외유로 달래라, 고국을 잊을 수 없어라
선열들의 투쟁을 답사로 알아내고
오늘을 사는 글쟁이들 힘을 낼지니
삼천리 넘어 만주벌도 대륙 끝까지
그렇게 살았노라
1945년 물러나는 일제
밀려드는 미제 식민지의 분할통치
어려워 힘 겨워 어찌 할거나
6.25 조국전쟁, 끝장 낼 싸움
가족과 함께 평양으로
아내, 딸, 아들 낯선 곳 낯선 사람들
이럴수록 민족의 강인성 발휘
오랑케 미제, 그 떨거지들과 싸움 이겨야 한다
돌이켜 생각하노니
후회될 일 많아라
통일사업차 남쪽에 나와
학자요, 작가요, 사업의 조직자요 더욱이
혁명가로서 안정된 신분이 필요했던
그리하여 얻은 아들이 있고
가정이 있고 아내가 있다는 것

미안하더라 평양에 있을 아내에게
그렇게 뇌이시던 신현칠 선생님!
생활에서 형무소에서 일상에서
신현칠 선생님은 강철이셨습니다
신념의 강자 혁명의 선봉자이신 님
만인의 우러름 받으셔도 좋으실 님
저술활동에 심혈을 기울이셨던
인생 말년 몇해 전 쯤 말씀하신
"기다릴 줄 알아야 한다"라고
기다리겠습니다. 동지께서 밝혀놓으신
횃불, 그 빛 바라보며

유영쇠 선생님을 추모하며

가난이 벼슬

찢어지게 가난했던
남루 걸치고 거리에 나서면
동냥아치 저리가라
언감생심 학교라니

또렷한 총기
스스로 터득하니 이게 공부라
야학에 다니다 야학선생되니
개천에서 용났다

넓은 벌 낟곡식
주어모아 양식되었고
깨우쳐 알아라
농고(農高) 의젓한 학생

그래도
식구있는 가정이 좋아라
누이들의 애틋한 아낌
주림을 잊게 한 동기간의 정

1945년 해방정국 어수선

좌와 우, 강제로 갈라 세우는
서북청년단의 서릿발 호통질에
부러진 갈비뼈 생이빨 튀어라
미제의 등쌀 일제 밤치는데
토착의 주구 무섭더라
1950년, 조국전쟁 잠깐의 햇볕
9.28의 입산투쟁 가열찼나니
야산대에 평야부 사업
독도법을 익혀라
트의 위장술, 연기없이 불때기
산간의 유격대, 들녘의 빨치산
모두가 항일유격대의 모범의 창출
그렇게 하려했다, 되려했다
1954년 4월 무리했던 것 사달이라
잡혀 징역 20년 살고
청주감호소로 직행, 이것도 나라던가
전향이라니? 이념의 념이 현실을 지배
1983년, 29년 징역 매듭지어라
형무소 29년
나날이 전투
앞, 뒤, 위, 아래, 옆에서 협공
방어법을 익혀라 독도법 익혔듯
무형의 이념, 사상을 종이 위에 몇 자로
유형화의 고문도구로 전변시키는
칠성판에 묶어 놓고 손도장 찍어라
이십세기 대명천지 있을 수 없다

언론 출판 집회 사상의 자유 보장하라
기초 생활권을 보장하라
싸우다 얻은 병마, 이로 출소

제한된 거주이전의 자유, 보안관찰법
악법은 법일 수 없다
나를 자유케 하라, 시며
전국을 누비시다 몸져 돌아가시니
그 이름, 투사 유영쇠님임을

함께 감옥의 삶 그 비참
아껴 두렵니다
영광의 그 날에 아뢰울 수 있도록
그 때 불러내리다 고이 잠드소서

이성근 동지를 추모하며

쳐지지 말고

근엄을 온 몸으로
혼자 있을 때 근신하라
경계할지니 스스로의 몸과 맘
하루를 산대도 똑바로 살아라
일하지 않는 자 먹지도 마라
그렇게 다그쳤던 스스로의 몸가짐

많이 알고 많이 베푸시는
파 헤쳐 알아야 직성이 풀리시는
박학강기, 로력의 산물일지니
민족 혼 불태워
옛 것을 천착해 알아내시는
민족의 말씨 조상들의 말틀
경상도와 다르랴 한줄기 말씀인 걸
캐내어 닦고 갈면 하나인 것을

부단한 정진 부단한 혁신
예쁜 옛 지명과 풍속들
왜 것들이 죄다 헝클어 놓았다
바로 잡아 세우고 일깨워
옛 것이라 진부타말고

오늘에 되살려 살뜰이 가꾸면
새로운 듯 아름다워지리니
우리 것 좋은 것
조상의 것, 민족의 것, 얼마나 좋으냐
이리도 지성스레 일깨워
배워 예쁘게 쓰라하셨던 님
그립습니다. 뵙고 싶습니다.
깔끔하신 학자풍의 풍모
흩어짐 없이 나날을 엮으시며
잠자는 민족혼 흔들어 깨우며
민족제일
우리 말글 으뜸
영어나 한자가 아니어도
세계 제일의 훈민정음 있나니
단군겨레여! 넓이 펼쳐라

나 세상 끝난 날
몸은 한양대의대에 드려라
의학도의 연구 심화할 수 있도록
치밀하시고 빠트림 없으셨던
고향의 대소사며
조직의 흠결 씻어 깨끗했고
식구들 동지들 친지들께
이 세상 머무는 동안 미안 지었노라
다 갚지 못하고 헤어짐 또한 미안

이성근 선생님이시여!
짧았던 유격대 빨치산 생활
남보다 적게 살았던 징역의 기간
동지들께 미안 접어도 됩니다
동지의 일상이 윤이 난 생활이었기에
동지를 본 받게 되었음을..

이성근 선생님!
선생께서 가르치셨던
"쳐지지 말고"를 오늘도 실천합니다
앞장을 못설지라도 "쳐지지 말고"
다시 뵈올 때까지

전덕례 선생님을 추모하며

그리운 님들

백아산은 록음 짙어 있고
빨치산은 의기충천
대오를 정비 새로운 출정
여기 아리따운 전덕례 있어
그 기상 그 예지 그 사상 떨치니
단결은 공고 부대의 양양했어라

전덕례님이시여!
그대의 헌신 있어
부상자들의 원대복귀 빨라지니
님의 정성 끝없이 높아라
간병의 기술 널리 쓰여 우뚝하니
빨치산 전 대오 칭송이어라
받으신 표창장 영예여라

한 자리 오래 머물 수 없다
백운산 트 새롭게 세우고
사령관. 김선우 동지 기요요원으로
열렬히 싸우시다
그 위훈 빛났도다
무등산 정기 오롯이 받고 자란

음전했고 영민했던 전덕례
원통해라 아까워라 어이하리까
1954년 4월 어느날
치열히 싸웠다
적아간 분간도 어려웠어라
사령관 동지는 전사하시고
죄되게 살아 붙들리니 이 부끄러움이여
그 죄 가슴에 새기어 한생 살았어라

아련히 다가오는
광주사범학교와 동창들
함께 입산했던 동무들
생이란 무엇인가 타일러주신
언니 선배들이 그립도다
바람에 구르는 낙엽 보고도
함께 웃으며 즐기던
옛 동무들이 손 잡고 놓지않던
학교적 선후배들 보고싶다

인연이란 이런건가
한생 함께할 반려
남편으로 맞고
삼자매 길렀으니
가정이 아닐까
효성 넘치는 사랑하는 딸
은정, 현정, 윤정, 삼자매

주어진 각각의 몫 다하여
엄마, 나 전덕례가 이루지못한
조국통일의 성업을 이루거라
영광스런 지상낙원을 만들거라
그 속에서 행복을 꽃피워다오
이렇게 염원하시며
가셨을 전 덕 례 선생님!
압니다. 조국산천은 기억하리다
그대의 이름과
죽음과 맞닥트린 적 몇 번까지도
어머니당은 기억하리다

전덕례 선생님!
찾아주셨던 지난 날
님의 고우신 얼굴 그리며
그 때를 소중히 간직하렵니다
영원한 복락 함께 하소서

정대철 선생님을 추모하며

솔바람이 좋아서

인민군 소위로 조국전쟁에
전쟁에서 용맹있어
남해여단의 중대장되어
9.28의 시련인가
능력의 시험인가 감당했도다
조국이 겪는 환난
처참의 극치런가 동지는 쓰러져
한 목숨 조국제단에 드리오니
미제 물리친 자리
자주 자립 주체 확립하여
영원으로 이어지게 하시라
통일되게 하시라, 셨을 님

인민군 정규군 중좌의 기백
빨치산 되살려 구국투쟁에
인간 한계 어데까질까
대전 대구 감옥 전전타가
청주보호감호소에 입감
36년간의 영어의 몸
출소하여 돌이켜 보니
예순세 살의 총각의 각오러라

갈데가 어데메요
심신은 메마르고
청청한 고향 평안도 용천 그리며
욕된 세상 놓고파라
"당과 조국 앞에 무수한 과오
앞으로도 씻을 길 없어
이 길을 택합니다"

정대철 동지시여!
불굴의 신념
식을줄 모르는 활활타는
용광로보다도 더 뜨거운
그 애국혼
한산도 청청한 소나무에 얹어
당과 조국, 산하에 안겨가셨도다

뉘 말하리오
거룩한 산화를, 숭고한 죽엄을
푸르른 바닷물결
철썩이는 해조음
갈매기 울음
솔바람에 솔잎 떨리고
이리도 정갈이 맞아주는
혁명가의 맺음을

정대철 동지시여!

불굴의 투사시여!
잡아주는 이 없어서
어울리는 사람 사귀고
물건너 고개 넘을 이 찾아
함께 하셨던 그 귀한 이들
어찌 버리고 혼자 가실 수 있었습니까
세태가 그렇게 시키던가요
망녕된 정상배들의 짓이던가요

이렇게 찾아 뵈올 수 있음은
동지의 고귀한 정신이 불러서지요
좋은 날. 환호할 그 때를 기약하며
영원하소서

정순덕 선생님을 추모하며

최후의 빨치산 정순덕

흐른다 스쳐 나부낀다
깃발 높이 산정에 꽂아라
보는 이들 기쁨에 들뜨도록
옆길로 비껴선 사람들
자부심을 잃은 이들이 보고
다시 힘을 내 정진할 수 있도록

그렇게 하고팠다
혁명의 마지막 순간
깃발이 되고팠다
지리산 봉봉마다
햇살 환하게 밝히는
깃발이고 싶었다

최후의 빨치산 정순덕
여성으로 태어나
시집가는 건 인륜지대사
시집을 갔고 남편을 사랑했다
환난이 앗아간 사랑
그 사랑을 찾아야 했다

지리산 산골 남편도 찾았고
사랑이어라! 사랑이어라!
사랑을 지켜드리리 애달픔 안고
함께 누빈 산
그대 전투에서 산화해가고
내 사랑 앗아간 원쑤가 미제
최후의 일인까지 싸워이기리
굳은 결의 다지고 다짐했어라

덕유산 다시 지리에 발을 딛고
지리에 싸여 의지 다지다
13년 빨치산 결산인가
적의 탄 다리에 관통 절단한 발
화려 찬란했을 신혼이었으랴
보급투쟁 단절로 굶주렸으랴
없애야 할 미제 그냥 둠에 비할까
생의 전부를 앗긴대도
양키미제 잡아 끌어 함께 죽어야 했다
그렇게 외치셨을
최후의 빨치산 정순덕 선생님

화전민의 딸로 나도 화전민
낫 놓고 기역자 몰랐다
빨치산의 배움이 학교 입학 졸업
문장가는 아니지만 편지 쓸 줄 알았고
문화부 학예회 얼마나 신났던가

목숨 부지한게 서러움 더 했고
양심에 털 날까 두려움 참으며
징역살이 23년 치욕의 나날
1985년 밖에라고 다르랴
보안관찰법 시퍼렇게 살아있고
그 중에서도 '정순덕실록' 책을 만드셨다
세계 양심의 질책, 물어오는 질문있네

부산 인천 후원회의 덕을 입고
그래도 저버리지 않은 신념 움켜쥐고
서울 낙성대 만남의 집 동지들
좋더라, 기쁘더라, 살겠더라, 했었지
2000년 9월 2일 비전향장기수의 송환
송환이 애를 끓였나 몸져 누우니
보라매병원 인천 카틀릭병원도 소생치 못했네
동지들의 애도 속에
애국의 혼불 들풀 날리며 가셨어라
최후의 빨치산 정순덕님이시여!
영면하소서 기억하리다

유종인 선생님을 추모하며

푸르른 산
떠가는 구름
새 소리 물 소리
선경에서 자족하고
넉넉히 여유로우신
유 종 인 선생님

선생께서 떼놓고 가신
자식, 가족, 친지, 선후배
당신을 그리는 마음 안고
유택을 찾아 여기 섰습니다

일년주기 서로 안부 묻는가
무심타. 애틋함 옅어져
서로 나누었던 지난 날
되살리지 못하고
묵념 속에 용서를 빌 뿐
미안합니다.

세태의 변화
세계가 공황이 올거라며

우세두세 걱정
들썩이지 않는 것 없습니다
제국주의의 속성이라지만
희생양 찾느라 희번덕 거립니다
남녘코리아 여기에 잡히지 말아야지
남녘 스스로 헤쳐나올 능력 없음도
그러니 염려스럽습니다.
지도자란 자가 백성을 끌어 넣습니다
분란을 만들고 전쟁을 일으키려고
벌건 대낮에 주문을 외칩니다
친미추종자들의 행진 멈출 길 몰라라
소위, 한미군사합동훈련이 그렇고
사드의 추가배치에
일제 군대를 내 나라에 들일 수 있다
모골이 섬뜩 닭살이 입니다

유종인 선생님이시여!
적막을, 고요를, 함께 하시느라
침묵하시렵니까
산에 들에 새소리 잦아들고
번잡했던 저잣거리
발걸음 소리도 뜸해지려나

유종인 선생님!
세계의 평화애호민이 있고
이 땅에 통일과 민주화를

이 나라에 자주와 자립을 위해
결연히 싸우시는 투사있음을
정의의 창달
민주의 보편
생활의 평등 이루렵니다

유종인 선생님!
지혜를 주소서 전략전술을 주소서
당신의 신언서판 모두 갖추셨기에
당신의 능력 내려주소서
한 여름의 더위 만끽하렵니다
유택의 고요로움에 잠기십시오
유종인 선생님!

유기진 선생님을 보내며

허허롭습니다
쓸쓸함이 바닥을 덮습니다
변화를 즐겨하시며
전진을 좋아하시며
혁명을 갈구하신 유 기 진 선생님

푸르른 산
휘여부는 솔바람
청아이 흐르는 계곡의 물줄기
새소리 사람소리 섞인 산등성
그렇게도 반기셨던 산행

보라색 민가협 어머님들의 목요집회
탑골공원 앞에 남기신 발자취
통일광장의 통일의 일에 늘 함께 했던

한생 사시면서 보람 찾는 일
남녘에 미제 몰아내고
국가보안법 없앤 자리
반공수구에게 민족과 통일을 알게하고
북과 남, 남과 북 손 맞잡고

평등 평화 누리며 사는 길이라시던
유 기 진 선생님
또 하나 바라시는 건
살아 생전에
어머니당에 안기는 것
함경도 고향길 밟아보는 것이라시던
유 기 진 선생님
못다 이루신 것 한으로 남기지 마시고
모든 것 미완의 일 일랑
남는 자의 몫으로, 그리고
쉬소서 영면하소서

유위하(柳渭夏) 여사님을 추모하여

청초한 국화꽃

슬픔이 싹트랴
격분한 여인
오뉴월 서리 내리나니
조국을 사랑하사 한 사람을 사모하사
한 몸 던져 나라 위해
한 사나이를 위해 싸우셨다
그 이름 유위하 투사

찬 서릿바람 불리워라
법정을 얼구어라
통혁당 사건으로 불리어 나온 여인
재판장의 신문은 시작되고
증인의 인증신문이 있겠으니 정확히 답변하라
이름, 유 위 하
주소, 조선민주주의인민공화국 평양직할시
그만, 그만, 저지에 막히고
현재 있는 주소를 말하라니까.
서울특별시 영등포구 미군포로수용소
그만, 그만 됐다니까.
저런 여인을 증인으로 삼다니
재판장의 넋두리 그것에서 끝났을까

옥색 치마저고리 입고
일갈! "미제의 앞잡이들아!"
끄집어 내! 명령에 끌려나갔다.

증인으로 서기까지 그 회유, 협박, 고문은 얼마였고
잠자는 것 먹는 것까지
겁탈의 위협은 얼마였을까
1972년 1월에 잡힌 몸되어
일 년 여 시달림 당하기까지
맵도다, 일심 흩어짐없이
희게 피워 올린 찬서리 국화 한송이어라
향기롭다. 매섭게 몰아쳐 서릿바람에도
고고히 맵씨 곱게 피워낸 국화여라

법정에 서시어
물음에 대답,
정신 못차린 넋빠진 인테리 OOO
저런 룸펜 인테리를 당원으로, 어림도 없다
만난 지 며칠 됐다고, 가당치도 않다.
검사의 질문에 정확 명료 대답하시는
그 이름 유위하

남편 박인서(朴麟緒)의
후덕한 모습 그리며
아들 박찬수 곱게 길러
박씨 가문 잇게 하신 억척의 여인

남은 여생은
조국의 허리병 낫게 하고
남편의 염원 한 조각일지라도 대신하고파
일떠선 당차시고 맵고 단단하신 여장부
이름하여 유 위 하님이시다.
장하게 사셨도다
위훈 높게 이루셨도다, 다만 조국의 요구
모자 간 함께 사시길 바랬는데
유위하 동지시여!
아쉬움과 그리움 사무쳤으리니
조국의 래일 광명의 나날에 맡기시고
청초한 국화꽃 향기 품기시며
영원하소서.

통일 전사 혁명의 혼불들

전 덕용
(전 씨알의소리 창간 편집장 현 사월혁명회 상임대표)

통일전사로 평생을 살아오신 양희철 선생의 시집 〈신념의 강자〉에 대해 몇 마디 느낀 바를 적으려고 하니 우선 손이 떨린다. 부끄럽기도 하고 죄송스러워서 몹시 망설여지는 마음이다.

생선가게 망신을 꼴뚜기가 시킨다는 말이 있다. 나 같은 어정충이가 이런 글을 쓰게 되면 망신이나 사지 않을까 걱정이다. 허나 한편으론 외려 선생의 모습과 문제가 더욱 빛날 수도 있다는 역설적인 생각이 들기도 한다.

욕심 같아선 일백 여 편에 이르는 시편 모두 하나하나를 짚고 넘어가고 싶지만, 지면관계로 그럴 수는 없는 일이고 임의로 몇 편을 골라 소박한 느낌을 말하려고 하는 것이다.

　세월이 간대도 잊혀지질 않아
　애국의 길 혁명의 길 일러주며
　이승에서 인연 따라 맺은 사람들
　어찌 잊으랴, 잡은 손 뿌리칠 수 있으랴
　피워 올린 사랑의 맺음도
　뿌려 심은 통일의 씨앗들도
　한분 한분 이름을 불러봅니다 (강담 선생님 추모시 중)

함경도 사나이 강담 선생을 그리는 추모시의 첫 들머리이다. 『신념의 강자』는 흔히 발간되는 세속시인들의 세상사나 우주사물을 노래한 서정시집이 아니다. 이성적 사유와 사변적 언어로 말 장난을 일삼는 요즘 세상 시인들의 작품발표집이 아니다. 문명(文名)을 날리거나 돈을 벌기 위한 문학상품집 발간도 아니다. 오직 분단 조국의 통일과 외세에 의해 억압 받는 민족해방을 위해 싸우다가 산화한 애국영령들을 기리는 헌시 모음집이다. 앞서간 선배 동지들을 추모하는 원한 맺힌 육성이고 피어린 절규이다.

시인은 문학인이기 이전에 한 인간이다. 그가 태어난 나라의 국민이고 시민이다. 지구촌의 자연인 한 민인(民人)이다. 그런 의미에서 양희철 시인은 절규와 함성 쪽을 택했는지도 모른다. 자주권이 없는 나라, 인간, 한 나라의 인민으로서 천부의 기본권을 억압당한 인격체는 완전한 '세계시민'일 수가 없다. 시인이 발을 딛고 사는 남녘 역시 완전한 '세계국가'일 수가 없다. 시인이 살고 있는 나라는 주권을 행사할 수 없는 결격국체이고 식민지 예속사회이다. 따라서 시인은 완전한 '세계시민'으로서의 인격체일 수가 없는 것이다. 그래서 그는 정제된 시어(詩語) 이전의 식민지 백성의 절규와 육성을 그대로 들려주고 있는 것이다.

피가 튀고 살이 찢어지는 전쟁터에서 서정과 정서는 거짓이다. 낭만과 이성도 사치다. 그러나 시인은 서정의 끈을 놓아버리지는 않는다.

함포와 폭격으로
살점 가루되어 바윗돌에도 붙고
심장의 붉은 피 뿌려 논밭에 그렸나니

높낮이 없는 평등의 꽃으로
혁명전사들의 넋과 혼 빚어 피운
외세는 저리 비켜라 자주의 꽃으로   (삼척 떡고개 추모제 시 중)

삼척 떡고개, 정선 댓재에서 산화한 빨치산들을 추모하는 글이다.

솔바람 솔솔
물까치 휠휠
망초꽃 하얗게 핀
푸르른 묘역 나즈막 한데
흐른다 밀려간다
흰구름 뭉게뭉게 님 계신 곳에   (김광삼 선생님 추모시 중)

동북삼성 만주펄 곳곳처처를 누비던 항일 빨치산 출신 김광삼 선생이 누워있는 음성 꽃동네 묘역의 묘사다. 가슴에 타는 불길 꾹꾹 눌러 이죽이며 이처럼 맑은 서정을 우려내느라 얼마나 힘이 들었을까. 뾰족한 창끝을 에워싸고 예리한 칼날을 감싸듯 전사의 투쟁혼을 다독이며 시인은 내면의 칼을 갈았다.

서릿발 같은 여전사들의 혁명혼을 붉은 정절을 소리쳐 부른다. 저 푸른 조국의 하늘을 향하여 한 가지 망설임도 없이 꽃처럼 아름다운 목숨을 초개처럼 던진 여자 빨치산동무들을 소리 높이 부르는 것이다. 제주출신 고진희 동지,

조국과 더불어 영생하리다
불굴의 투사 고진희 동지시여!

그대의 염원 백설 덮인 지리의 순결로
대숲의 부는 바람, 솔가지의 푸르름으로   (고진희 동지 추모시 중)

또 아까운 재수(才媛) 광주사범 출신 손영심 선생을 부른다. 오빠 두 분이 민족해방전선에서 분연히 총을 들었고, 외삼촌 두 분 역시 조국통일을 위해 희생되었다.

장하시도다. 혁명가의 가문
비록 죽음을 앞에 두었을지라도
내일에 올 해방된 통일조국을 염원하셨던
열혈의 여전사 손영심!   (손영심 선생님 추모시 중)

이 뿐이랴,

동북의 용정 민주기지 뛰어놀던
평양의 골목과 거리
오순도순 내일의 희망을
주고받던 동무들
어떻게 살고 있을까
나는 빨치산 곧 만나리라 했던

〈중략〉

남동생은 15세 인민군으로
여동생은 해방지구 정치공작대로

식구 모두가 조국의 부름에 일떠섰다
장하도다 이두화!   (이두화 선생님 추모시 중)

이어서, 통일전사의 누님이시며, 어머니, 할머니셨든 박정숙 동지
의 생을 기리는 헌시는 이렇다.

댕기머리에 꽃댕기 매고
오쟁이놀이 그네뛰기 그 우에 배우느라
재미있어 깔깔대던
양양의 어린 시절 꿈 많던 때

〈중략〉

맞는 8.15 새천지 열렸나 했는데
성조기로 일장기 싸워 가린 자리
점령군의 포고령 날이 섰고
서북청년단 앞세우니 기가 차더라
일제보다 무서운 미제의 계엄통치   (박정숙 선생님 추모시 중)

최후의 빨치산 산청군 삼장면 출신 정순덕 여전사 영전에서 양희철
시인은 두 팔을 벌리고 피를 토하듯, 13년 빨치산 결산인가를 되물어
부르짖는다. "그렇게 하고팠다/혁명의 마지막 순간/깃발이 되고팠
다/지리산 봉봉마다/햇살 환하게 밝히는/깃발이고 싶었다"니...

지리에 싸여 의지 다지다

13년 빨치산 결산인가

적의 탄 다리에 관통 절단한 발

화려 찬란했을 신혼이었으랴

보급투쟁 단절로 굶주렸으랴

없애야 할 미제 그냥 둠에 비할까

생의 전부를 앗긴대도

양키미제 잡아 끌어 함께 죽어야 했다

그렇게 외치셨을

최후의 빨치산 정순덕 선생님   (정순덕 선생님 추모시 중)

  철천지 원수 일본 제국주의와 불구대천의 원수 아메리카 자본제국
주의와 맞서 싸워온 조선 사나이들의 선홍빛 투지와 하늘을 찌를 것
같은 기개 앞에서 양희철 시인은 물 만난 고기가 된다. 시인은 신들린
사람처럼 '단군부대 태양민족'의 궐기 웅혼한 기상을 한껏 끌어올려,
통일전선의 해방전사들을 목에 핏대를 세우고 불러댄다. 처절한 육성
이 피투성이 되어 조국의 하늘과 땅 온 삼천리 남북녘 산하를 울려대
는 것이다.

  혼신의 정력 기울여 일했으나, 아차

  미제 점령군으로 포고령 무섭더라

  늦게 배운 도둑질이 살인한다. 미제여!

  마구 넣고 패대며 빨갱이 질씌우며

  전라도땅에 서북청년단 웬말이냐

  아수라장 속에 전쟁은 터지니 아비규환

  자랑스런 인민군과 자강도까지

현지입대, 인민군 제3사단 정치부 성원으로

조국과 인민 위해 싸우는 전사. 그 영예여 (김기찬 선생님 추모시 중)

일제에 의해 학도병으로 끌려갔다가 해방 후 건준투쟁, 조국해방전쟁 땐 인민군에 몸을 담았던 김기찬 전사를 불러낸다. 임진왜란, 구한말 특히 동학혁명이후 의병투쟁에서 15.6세의 소년병들이 보여 준 전투성과는 실로 눈부신 바가 있었다. 기록으로 남고 민초들의 입에서 입으로 전해진 '소년 장사' '소년 장수'의 실화 전투신동들은 성년 병사들을 능가하는 신화적인 실존인물이었던 것이다.

왜 내 동포를 미워하랴 외세가 만들어 들씌운 분열인데, 그 외세를 몰아내야지 김병인 남부군정치위원, 도당위원장,

젊어 맞닥트린 왜놈들이사

살 저미고 뼈 깎이는 아픔일지라도

왜 것들 하나 못 내쳐내리

당찬 용기로 맞받았어라

이어 닥친 양키와의 대결 (김병인 동지 추모시 중)

시인은 말한다. 후세를 향하여 김병인 동지가 심고 가꾸었던 정치철학을... 칼끝 같은 정신으로 이성을 곧추 세우고 정신무장 백절불굴의 강철 같은 신념으로 투쟁전선에 선 젊은 통일전사들, 그래도 고깃덩어리 육체의 약점은 있다. 아아, 정말이지 사람이 견딜 수 있는 일은 아닌 것이다.

간난신고 감옥살이 27년, 30년, 40년, 신체억압 배고픔, 그 지옥같았던 짐승놀이 전향고문, 흙덩이 쇳덩이 나무토막도 아닌데, 짐승

도 아닌데, 그 동물놀이를 어떻게 견뎌냈을까, 참아냈을까. 그냥 해가 뜨고 달이 돋은 거지, 사람이 견딘 것은 아니다. 고맙게도 시간이 세월이 저절로 가 준 것이다.

눈도 크고 덩치도 큰 맹기남 통일전사, 꽁보리밥 한 사발 실컷 먹고픈 생각이 굴뚝같았다.

손발 결박되고 밥 배식 중지라
구로독방, 고독 적막 즐기라고
빛 없는 징벌방 고약한 냄새까지
그게 다 아니였지요
배식을 허용, 개밥 먹으라
수정 뒤로 찬 채
사람의 짓 아니지   (맹기남 선생님 추모시 중)

두고 온 고향이 황해도 해주인 김영호 동지,

엄동설한에도 실오라기 걸침도 없이
수정에 오랏줄로 묶이고 채운 채
먹을 권리도 잠 잘 수도 없는 몸   (김영호 동지 추모시 중)

전향이 먹을 길이고, 전향이 출소의 길, 전향이 가족 만나고 고향 가는 길이라고 몽둥이가 춤을 추는구나.

망나니들 마리화나 피워대며
바늘 끝 맛이 어떠한가   (김영호 동지 추모시 중)

쑤셔대는 바늘구멍마다 끈적끈적한 붉은 피가 솟누나. 혼절해 쓰러지면 얼음물을 퍼부어대는 짐승 아닌 사람들. 또 있다.

칠성판에 묶여 눕힌 채
목구멍으로 쑤셔 넣은 호스, 위장을 헤집고
소금덩이 상처 난 위에 퍼부었겠다.　(변형만 동지 추모시 중)

하나 밖에 없는 조국 하나 밖에 없는 목숨 조국의 통일제단에 바친 황해도 봉산 출신 변형만 동지의 단식투쟁 모습이다.
1952년 첫 옥살이를 시작한 김현순 동지...!

접힌 배 두 손으로 받치고
5~7분 운동시간 헤집는다
쑥에 풀뿌리 심지어는 잔디까지

〈중략〉

매맞고 차이는 것이사
뒷수정 차고 개밥먹는 것이사
버티고 참아낼 수 있어도
고픔이여! 몸서리치게 서러움이었다　(김현순 동지 추모시 중)

그래도 그들은 정신을 살리고 혁명론을 불태웠다.

31방과 건너편 52방 모스코바사동

식구통 안닫으면 푸르른 교실
변증법적 유물론과 사적 유물론이 흐르고
볼세비키 혁명론이 봄날이듯 꽃피운다   (김현순 동지 추모시 중)

　생살 찢듯 떠나온 고향, 생이별 부모형제, 새색시 동정에 고운때도
안 가신 어린 아내, 모두모두 눈에 밟히고 눈 감으면 마음 고픈 사람
들... 혁명전사들.... 평남 강서에서 태어난 유병호 선생, 그렇게 가고
팠던 고향 그렇게나 보고팠던 부모님 북녘에 두고 남녘땅 수원에 잠
이 들었다.

　쪽빛 하늘 아스라이 높아라
　그리는 고향하늘
　북녘에도 흰구름 띄우고 파란 빛으로
　거두워들이는 가을의 끝자락
　추위와 발길 더디게 오라 부탁이듯
　쪽빛 여울져 맞는
　고향 하늘 거기 있으리니

　〈중략〉

　죽기 전에
　고향 땅 발 딛고
　사랑하는 식구, 딸 아들 애엄마 만나리
　원 풀고자 송환을 들이댔건만   (최일헌 선생님 추모시 중)

그렇게도 그리던 고향땅, 아들 딸 애 엄마 끝내 못보고 혈혈단신 의지할 데 없이 홀로 있던가 하는 몸, 최일헌 선생을 시인은 호곡으로 조상(弔喪)한다.

고향이 북이 아니고 남이라도 어머니 당 신념의 고향 그리며 시퍼런 청춘이 백발이 되도록 앙가슴 두드리며 한 맺힌 한생을 살다가 간 전사들이 어디 한 두 명인가.

지리산 백운산 모후산이 아니어도, 불갑산 회문산 백아산 유치내산이 아니어도 조국의 어느 산하능선 골짜기 풀숲 속에 피를 뿌리고간 조국의 아들들...! 형장의 이슬이 되었거나 얼어 죽었거나 굶어죽었거나 맞아 죽었거나, 거룩하고도 거룩한 죽음이었다.

'태백산맥에 눈 날린다./총을 메어라 출진이다.'

그 많던 해방의 혼불 통일전사 빨치산들은 다 어디메에 있을까?

"나 윤기남은 촌놈이여" 하시던 해남출신 해방전사, 농사꾼의 뚝심으로 화사한 봄 만드심에 여념이 없으셨던 최공식 동지, 송병록 동지시여! 고향 김천 푸르른 날 아침이슬 흠뻑 젖은 논두렁길.... 여기 정의로운 노동자 농민의 나라 세워야 한다며 일떠선 앳되디 앳된 사나이 배흥순 구빨치. 그리고도 시인은 지리산 끝자락 청학동에 묻힌 이름 없는 일곱 해방전사들을 기억한다. 외세를 몰아내자는 전사, 분단 조국의 통일전사로 세상에 이름을 알린다.

어머니산 지리의 줄기줄기 많고 많은 골골이 구국의 일념 안고 일떠선 신구빨치, 스쳐 부는 바람결 솔잎 떨림으로 알게 하고 흐르는 물결소리 잦아들어 빨치산! 님들의 외침을 시인은 가슴깊이 부둥켜안는다.

산하여 들으라. 또 있다. 시인은 잊을 수 없는 큰 별들의 빛나는 이름을 목을 놓아 부르는 것이다.

남북 각지에서 솟구쳐 일떠섰던, 최후까지 강도 일제, 미제에 맞서 조선남인의 기개를 떨쳤던 통일전사 해방 영웅들을 우러러 부른다.

"전북도당의 방준표 동지, 전남도당의 박영발, 김선우 동지, 경북도당의 박종근 동지, 경남도당의 조병화 동지, 충북도당의 박우영 동지, 충남도당의 윤기형 동지, 제주의 김달삼, 이덕구 동지" 부르고 우러르고 또 불러도 그립고 기려지는 이름이 더 있다.

섬을 돌아 넘어 나라 곳곳을 채우고
누리를 비추었나니 그 이름
이 덕 구 장군님.

〈중략〉

준동하는 양키 그들의 앞잡이 서청
양민을 학살하고 재물을 늑탈하는

〈중략〉

일제를 물리치는 반식민투쟁에서
미제와 대결 반제국주의 투쟁에서
가렴주구 내정악폐 바로잡는 투쟁에서
눈 밝히는 교육, 지혜 높이는 일과에서
이룩해낸 그대의 분투 알알로 빛나고   (이덕구 장군 추모시 중)

양희철 시인은 이덕구 '유격대 대장'을 장군으로 추서하고 서둘러

한라영봉을 떠도는 구름 위로 떠 받들어 올리는 것이다. 그리고 시인은 소리를 더 높인다. 목청을 다해 또 부르짖는다.

하준수 동지, 남도부(南道釜)사령관을!

그대의 웅혼한 지략과 단련된 체력은
미제 몰아내고 그 추종자들도 없는
아름다운 강산 통일된 조국 건설에

〈중략〉

오호라, 살아남은 자 애도합니다
그대의 혁명 정신 이어 받으려 합니다
청사에 빛나리니 그대의 이름   (하준수 동지 추모시 중)

대구 팔공산 푸른 소나무, 언양 신불산 무연한 억새밭에 솟아오른 바윗덩어리들은 인민유격대 사단장 '제3지대장' 하준수 대장의 사자후를 후세에 길이길이 전할 것이다.

우리 조선 유격전사에 우뚝 선 또 하나의 거대한 이름, 그 이름 세칭 김선우 전남부대 사령관, 백운산 호랑이 덕과 지혜와 용맹을 두루 갖춘 맹호였다. 그야말로 신입대원이나 나이든 간부에 이르기까지 전부대원이 우러르고 아끼는 유격대 사령관이었다.

해방공간 9.28 이후 남북 빨치산 전사(戰史)에서 가장 뛰어난 전투력과 단결된 강철부대로 이름을 떨친 빨치산부대가 김선우 사령관의 전남부대였다.

광분케 한 이승만도당의 배후는 누구이던가
이 땅의 주인, 양민과 농민 로소 가릴 것 없이
집단사살에 초토화 그 만행

〈중략〉

나라 갈라 분할통치, 단독정부 선거놀음
어찌 궐기치 않으랴 어찌 싸우지 않으랴   (김선우 동지 추모시 중)

　김선우 사령관의 구국일념은 총을 들지 않을 수 없었다. 그의 조국
애는 침략 외세 양키 퇴치가 목적이었고, 시대를 앞서가신 영웅으로,
잡힌 포로에게 민족정기를 깨우쳐 살려 보내는 아량, 동족사랑의 거
봉(巨峯) 진정한 유격군 사령관이었다.
　마지막으로 양희철 시인은 불세출의 영웅 이현상 선생의 거대한 혁
명혼 옆에 선다.

국군이라 경찰이라 내통한 스파이라고
목숨은 해치지 말라
후덕하신 사령관 인민을 사랑하사
"휘둘러 갈지라도 전답을 밟지말라"
지리산 깊은 골
저물어 밤이 되면
끼니 걸러 고픈 얘기들 로인들께
당신께서 드셔야 할 밥을
계시는 동안 드렸다신 사령관님   (이현상 동지 추모시 중)

전쟁 중이라 할지라도 함부로 인명을 해치지마라, 돌아갈지라도 인민의 전답을 밟지 마라, 보급투쟁 시 영수증 발부를 잊지 마라! 천둥소리 같은 이현상 사령관의 목소리가 지리영봉을 울려내고 남조선 산하 하늘과 땅을 흔들어 깨운다.

1953년 9월 17일 빗점골에서 산화하신 남부군사령관, 남조선유격대 빨치산의 최고봉이신 이현상 동지를 우러러 시인은 목을 놓는다.

당신을 따르던 그 용맹스런 전사들, 번개병단, 벼락병단, 독수리 병단, 맹봉사령, 이영희 장군 박종하 장군, 우춘참모, 다 어디로 갔을까.!

나는 여기에서 다시 한번 조직은 무엇이고 역사란 무엇인가를 되묻지 않을 수 없다. 오로지 하나된 조국과 민족해방을 위해 남북산하를 헤집고 뛰고 달리던 그 숨찬 발걸음들, 그 젊은 목숨들, 누가 어떻게 무엇으로 그 님들의 한생을 보상할 것인가.

해방 78주년 전쟁발발도 73주년 되었다. 오늘 이 시각까지 민족자주통일 해방전사들의 염원인 조국의 완전한 통일독립국가 건설은 이루어지지 않고 있다.

양희철시인의 〈신념의 강자〉은 피를 토하는 육성이다. 천성이 강직한 시인은 자기 생긴대로 솔직한 육성을 토해낸 것이다.

일찍이 남북문단에도 이와 비슷한 솔직해지려는 시인들이 없었던 것은 아니다. 신동엽 김수영 등을 들 수 있을 것이다. 소설가로서 남정현의 처절한 몸부림이 있었다.

〈신념의 강자〉은 우리의 현실, 외세지배의 분단역사와 정면으로 맞선 기념비적인 작품집이다. 이른바 민족문학 분단문학 통일문학의 전범(典範)이 되어 남북문학사의 황량한 벌판에 우뚝 선 것이다.

아직도 발견하지 못한, 여수14연대 해방 전사들과 김지회 장군의 발자국을 찾지 못해서 여기 불러내지 못한 점 마음을 저민다.

통일문학, 통일을 부르는 문학, 통일 이후의 문학사에도 길이 남을 정직한 양심문학의 지속적인 출현을 기대해 마지 않는다.

고령이신 양희철시인의 건승을 빈다.

성 명	출 생	사 망	출생지	기 타
강 담	1933. 10. 12.	2020. 8. 21.	함남 홍원군 산양리	
강석중		1968.6.	미상	
고성화	1916.8.20	2013.7.17	제주도 우도	
고진희			제주	
공인두			경남 거제시	
권오금	1923.1.12	1972.2.13	전북 정읍시	
금재성	1920. 2. 25.	1998. 8. 17.	대전시 삼성동	
김경선			미상	
김관희			미상	
김광삼	1915.6.30	1994.04.01	함경도 (추정)	
김교영	1927.11.11.	2021.8.2.	함남 영흥군	
김규찬	1921.01.08	1980.12.14	미상	
김규호	1923	1975.6.28	전남 강진군 마량면 원포길 23-1	
김기찬	1919. 4. 1	2015. 8. 3	전북 익산시 평화동 동봉리	
김도한	1915	1996.5.13	경기도 양주군 광적면 가남리	
김동섭	1925.11.05. (음)	2019. 1. 23.	소련령 하바로프스키	
김동수	1937.7.25	2018.8.19	함북 김책시	
김병억	1929	1954.7.21.	전남 장성군 북하면 용두리 하안마을	
김병인	1916.8.21	1989.2.26	경남 하동군 양보면 운암리 115 진바구마을	
김상윤	1925.10.25.	2004.7.3.	충남 부여군 옥산면 내대리	
김선분	1925. 2. 14.	2015. 8. 4.	서울 중구 필동	
김선우	1918 .5 .2.	1954.4.5	전남 보성군 웅치면 유산리 오류동	
김영호	1908.9.21	1973.10.17	황해도 해주 (대구형무소 서거)	
김용성	1914.12.25.	1980. 5.29.	경기도 여주군 용암면	
김창섭		1991.12.21	함북 경흥군 풍해 대유 172	
김태수	1927.2.20.	2000.10.6.	전북	
김현순		2013. 4. 28.	전남 장흥군 대덕면 분토리	
나경운	1928.7.29.(음)	2015.9.26. (양)	전남 나주시 세지면	
나정주	1925.4.19.	1950.12.24.	전남 함평군 삼서면 대곡리	
류낙진	1928.8.26(음)	2005.4.1	전북 남원군 이백면 과립리	

맹기남	1921. 7. 23.	2007. 2. 18.	함남 영흥군	
문상봉	1925	2013. 2. 15.	평북 룡천군	
박남진	1922.5.25	2012.3.8	전남 나주시 다시면 회진리	
박봉현	1919.6.20	2017.3.25	전북 순창군 유등면 창신리	
박석운	1934	1966. 11. 30	전남 담양군 창평면 창평리	
박유배	1924.9.8.	2010. 11. 18.	전남 진도군 군내면 용장리327	
박정숙	1917. 6. 18.	2020. 10. 2.	강원도 양양군	
박정평	1922. 8. 1(음)	2020. 8. 20	전북 부안군 삼서면 감교리원평	
박종린	1933.3.14.	2021.1.26.	중국 길림성 운춘현 반석촌	
박창수	1932. 3. 20.	2016. 7. 19.	평양시	
박판수	1918.9.10	1992.1.18	경남 진양군 진성면 동산리 975	
배동준	1923.3.27	2010.4.21	경북 봉화읍 석평리	
배흥순	1930	1950. 1.	전남 광양시 옥곡면 신금리	
변형만	1934.04.12	1980.7.11	황해도 봉산군	
삼성궁 7인			미상	
서순정	1931.11.22.(음)	2009.2.15.	전남 승주군 송강면 후곡리	
서옥렬	1927. 12. 25.(음)	2019. 9. 11.	전남 신안군 팔금면 읍내리291	
손경수	1928	2017. 11. 25	충남 논산시	
손영심	1931	2009.3.27	전남 해남군 해남읍 평동리	
손윤규	1923. 10. 6.	1976. 4. 1	미상	
손채만	1922.3.7	1950.9.4	전남 해남군 해남읍 평동리	
송병록	1929	1972.8.15	경북 김천시	
송세영	1931. 2. 7.	2015. 4 . 18.	충남 논산시 연무읍	
송송학	1930. 3.5 (음)	2016. 3. 1(음)	경남 삼천포시	
송순영		1982.5.26	충남 대덕군 동면	
신현칠	1917	2012.4.17.	서울	
안희숙	1929. 1. 13.	2013. 4. 7.	전북 옥구군	
오기태	1932	2020.12.9	전남 신안군 임자면	본명 장재필
왕영안	1926.11.21.	1997.9.28.	양주	
유기진			미상	
유병호	1933. 1. 27.	2010. 12. 17.	평남 강서군	
유봉남	1931.1.15	2018.8.23	전남 곡성군 옥과면 죽림리	
유영쇠	1928. 10. 30.	2016. 1. 29.	전북 김제시 봉남면	
유위하	1914. 11. 6.	1973. 11.	경북 안동시 풍천면 하회리	
유일순		1998.9.5	강원도 고성군 장전면 남사리	
유종인			미상	
윤기남	1925.4.5	1995.2.24	전남 해남군 현산면 백포리	
윤성남	1932. 10.12(음)	2010. 12.30 (양)	전북 김제군 봉남면 대송리	
이덕구	1920.12.24	1947.12.26	제주도 제주시 조천읍 신촌리	
이두화	1928.8.16.	2022.7.25.	전북 완주군 삼례읍(부,함남 함주군 천원면)	

이봉노	1926.4.7	2013.6.22	전남 나주시 공산면 화성리
이성규	1931. 9. 17.	2017. 11. 6.	전북 순창군 쌍치면
이연송	1930	1972.6.12	미상
이영원	1917.4.14	2001. 1. 16.	전남 장흥군 부산면 용반리
이용훈		1985.12.24	충북 옥천
이준원	1935.12.21(음)	2017.6.16(음)	함남 함주군 하기천면 은봉리
이창근	1931.2.11(양)	2016.11.17(양)	함북 면천군 서면 옹동리
이현상	1905. 9. 27.	1953. 9. 17.	충남 금산군 군북면 외부리
장두천	1925.12.23	1992.9.14	경남 울산시 동구 일산동
전덕례	1932. 5. 11.	2020.5.24.	광주시
정대철	1927	1990. 11. 21.	평북 룡천군
정순덕	1933. 6. 20.	2004. 4. 1.	경남 산청군 삼장면 내원리
정운창	1928.7.2.	2008.5.1.	전남 구례군 문척면
정종희	1933.8. 20(음)	2008. 9. 1	전남 보성군 회천면 봉강리
정철상	1915.11.13	1965.8.26	경남 함양군 지곡면 개평리 262
정태묵	1919	1972.7.28	전남 신안군 임자면 한틀길 177-1
진태윤	1920.2.29	1997.4.2	함남 정평읍
최공식	1925.9.27	2018	전남 영광군 흥농읍 칠곡리
최남규	1912. 4. 18.	1999. 8. 31.	함북 명천군
최상원	1923.6.5	2007.7.22	경남 경주군 내남면 노곡리
최석기	1931.10.24	1974.04.04	미상
최영도	1923.8.16(음)	1969.1.25	전남 신안군 임자면 삼두리 871-1
최일헌	1929. 9. 25.(음)	2022. 11. 1.	중국 길림성 훈춘현
최한석		1975. 5. 15.	부산
하종구	1922.7.22.	2006.5.15.	경남 함양군 병곡면 도천리
하준수	1921	1955.8	경남 함양군 병곡면 도천리
하태연	1926.6.12.	2012.10.12	경남 사천군 사남면 죽천리
한기정	1932.7.19 (음)	2010. 1. 4. (음)	강원도 평강군
한재룡	1930.12.10	2020.6.18	전북 고창군
한천덕	1916.2.14	1989.1.27	함남 영흥군 술령면 소달리
한태갑	1914	1972.5.15	함남 정평군 주의면
허영철	1920	2010.6.16.	전북 부안군 보안면 성동
허찬형	1929.4.16(음)	2020.4.17(양)	평북 삭주군 회남면 수령골
황병열	1924	2009. 4.	전북 장수군 계남면 가곡리 15번지
황태성	1906.4.27	1963.12.14	경북 상주시 청리면 원장리 822
황필구	1916.4.13	1989.12.5	전북 고창군 성내면

양희철 시집

신념의 강자

초판인쇄 2023년 09월 18일 **초판발행** 2023년 09월 20일

지은이 **양희철**
펴낸이 **이혜숙**   펴낸곳 **신세림출판사**
등록일 **1991년 12월 24일 제2-1298호**

04559 서울특별시 중구 퇴계로49길 14,
     충무로엘크루메트로시티2차 1동 720호
전화 02-2264-1972 팩스 02-2264-1973
E-mail : shinselim72@hanmail.net
     shinselim@naver.com

정가 **20,000원**

ISBN 978-89-5800-266-6, 03810